中国古典名著精华

孟郊诗集

〔唐〕孟郊 著

刘枫 主编

黄河出版传媒集团
阳光出版社

图书在版编目（CIP）数据

孟郊诗集/刘枫主编.—— 银川：阳光
出版社，2016.9（2022.05重印）
（中国古典名著精华）
ISBN 978-7-5525-2979-1

Ⅰ.①孟… Ⅱ.①刘… Ⅲ.①唐诗 – 选集
Ⅳ.① I222.742

中国版本图书馆 CIP 数据核字 (2016) 第 223025 号

中国古典名著精华　孟郊诗集　　　　　〔唐〕孟郊 著　刘枫 主编

责任编辑　徐文佳
封面设计　瑞知堂文化
责任印制　岳建宁

黄河出版传媒集团
阳光出版社　出版发行

地　　址　宁夏银川市北京东路139号出版大厦 （750001）
网　　址　http：//www.ygchbs.com
网上书店　http://shop129132959.taobao.com
电子信箱　yangguangchubanshe@163.com
邮购电话　0951-5047283
经　　销　全国新华书店
印刷装订　天津兴湘印务有限公司
印刷委托书号　（宁）0020202

开　　本　710 mm×1000 mm　1/16
印　　张　14
字　　数　168千字
版　　次　2016年11月第1版
印　　次　2022年5月第2次印刷
书　　号　ISBN 978-7-5525-2979-1
定　　价　35.00元

孟郊诗集

目　　录

卷一　精读篇目

卷二　泛读篇目

孟郊诗集

中国古典名著精华

中国古典名著精华

中国古典名著精华

中国古典名著精华

孟郊诗集

卷一 精读篇目

烈女操

梧桐相待老,鸳鸯会双死。
贞妇贵殉夫,舍生亦如此。
波澜誓不起,妾心井中水。

【赏析】

　　古时的坚守节操是根深蒂固的,这里把女人的守节与梧桐鸳鸯相比拟,这梧桐的枝叶覆盖,鸳鸯的成双相随是早已不变的事实。找到了最爱,便无心再生枝节,心如井中水,再也激不起波澜,表现了女子对感情的忠贞。

游子吟

慈母手中线,游子身上衣。

临行密密缝,意恐迟迟归。

谁言寸草心,报得三春晖。

【赏析一】

这是一首十分有名的歌颂母爱的佳作:一针又一针,慈母手中的线,缝好了将要离家儿子的衣;一线又一线,针眼缝得密,是恐儿子回家迟。谁能说得清,像春天阳光般博大的母爱;区区小草似的儿女,又怎能报答万一?

此诗语言平淡,平淡中蕴含无限的深情,历来被作为母爱的象征。

【赏析二】

这首诗以歌颂伟大的母爱而著称。它从母亲为即将离家远游的儿子缝制衣服的行动中,透露出母亲的无限慈爱。提出小草般的儿女怎能报答春日般的慈母养育之恩的疑问,引起天下儿女的共鸣,拨动了天下儿女敬爱慈母的心弦!

【赏析三】

作者于本诗题下自注云:"迎母溧上作。"这是孟郊五十岁任溧阳(今属江苏)县尉时迎接老母之作。这是一首著名的颂母之诗。母爱是人类颂扬的一个永恒的主题,诗中的母亲睁着昏花的老眼,将自己对儿子的爱一针一线地缝在他的衣服上,并对他的远游充满悲伤的情绪,但她并没有试图阻拦,为了儿子的前程,只有忍受这离子之痛。老母的眷眷之情,孩子的拳拳之心,虽然平凡,却又是何等感人!诗句清新谐美,诗味醇厚甘美,千载以来,有口皆碑。

本诗在 1992 年香港"唐诗十佳"评选中,被评为第一佳。

【赏析四】

这是一首母爱的颂歌。诗中亲切真醇地吟诵了伟大的人性美——母爱。诗的开头两句,所写的人是母与子,所写的物是线与衣,然而却点出了母子相依为命的骨肉之情。中间两句集中写慈母的动作和意态,表现了母亲对儿子的深笃之情。虽无言语,也无泪水,却充溢着爱的纯情,扣人心弦,催人泪下。最后两句是前四句的升华,以通俗形象的比喻,寄托赤子炽烈的情怀,对于春日般的母爱,小草似的儿女,怎能报答呢?

全诗无华丽的词藻,亦无巧琢雕饰,于清新流畅,淳朴素淡的语言中,饱含着浓郁醇美的诗味,情真意切,千百年来拨动多少读者的心弦,引起万千游子的共鸣。

【赏析五】

有没有母爱,向来是人们(尤其是童年)衡量幸福的重要内容。这不仅是因为母亲是生育的恩人,更重要的是有着一份博大而深厚的母爱的温暖才使人感到幸福甜蜜。《游子吟》就是抓住了这一博大而深厚的感情,表现了人们共同的感受,所以才使得这首诗成为历代传诵的名作。

"慈母手中线,游子身上衣",诗一开头就在读者面前展现了一位正在忙做针线的慈母形象。这里诗人虽然没有描画母亲的音容笑貌,但是一位勤劳慈祥的老人形象却清晰可见。这位老母亲头发白了,眼睛花了,脸上满布皱纹,她正默默无语,一针一线地给将要外出的儿子缝补衣衫。这线是慈母手中的线,这衣,是游子身上的衣,诗人特意拈出这个极平常而又最足以表达母子之情的场景,把母爱一针一线地密织在游子的衣衫上,使人觉得异常鲜明突出。

"临行密密缝,意恐迟迟归",这是母亲内心情感的坦露。儿要离娘远游,母亲舍不得儿走,但为儿子的前程又不得不叫儿走。此时母亲的心情是复杂的,是留恋牵挂?还是疼爱酸苦?仿佛什么都有,于是老母把这千滋百味的感情都糅合在一针一线上。"密密缝"三字,凝结着母亲对儿的无限疼爱和深情;怕儿在外无人照料,衣单身寒。担心儿外出后一年半载回不来,使在家的老母日夜挂念。仅仅两句诗,把母亲对儿子的一颗拳拳之心,写得非常真切感人。

　　最后两句"谁言寸草心,报得三春晖",以反问的口气写出了游子对母爱的感恩不尽。春天的阳光温暖大地,小草破土而出,在阳光的哺育下,茁壮成长。这阳光对小草的赐予,正如母亲对儿女的恩泽,是丰厚得无以报答的。这就把母爱的伟大与深沉形象地表达出来,给人以深刻的启迪。

　　母亲对儿女的慈爱,表现在方方面面,可谓无所不在。然而这首诗却只选取了母亲为游子缝制衣衫的一个普通场景,以小见大,表现了母爱的至深博大,从而使人得到的印象更为具体、真实。而这,正是诗人运笔的巧妙之处。

猛将吟

拟脍楼兰肉,蓄怒时未扬。

秋鞞无退声,夜剑不隐光。

虎队手驱出,豹篇心卷藏。

古今皆有言,猛将出北方。

【赏析】

在说孟郊前,要赘言几句中唐的诗坛。唐王朝发展到中唐,开始走下坡路。这也没什么奇怪,"人无千日好,花无百日红",曲曲折折、盘旋而上方成历史。盛唐不再,诗之荣盛当然也要随之大打折扣了。但诗人们承接着盛唐的清新之气,还不甘随着世道的衰微而沉寂,于是就应时而出了中唐的两大诗歌流派,一个是以韩愈、孟郊、贾岛等为集团的韩孟诗派,诗风的特征是"怪",其实质是怪在倡古,从属其"古文运动"的主旨。另一个是以白居易、元稹等为集团的元白诗派,诗风的特征是"俗",此处的俗可不是庸俗之谓,而是通俗、平俗的意思,它所主导的"新乐府运动"欲使诗歌融入民众,为民众所喜欢,意在通过唤起民众恢复诗坛的繁荣。说是诗坛两派,却也无法划分清楚。比如张籍和王建以及颇负盛名的柳宗元等就是诗无定所,时而独立,时而游移于韩孟和元白两派之间。尽管如此,他们的诗作同样为当时肯定。在韩孟这派的头面人物中,只是孟郊写有军旅诗。

照《唐书》的说法,孟郊的生平故事有如下几桩。一是他的性格。孟郊的性情耿介,与他人相处较难,以史之说法是"性介,少谐和"。可见是个怪人。可这怪人有怪人的机遇,偏偏是遇上了韩愈,而这韩愈又偏偏一见如故地喜欢上了孟郊的怪僻——"愈一见为忘年交"。所谓忘年交,是指韩愈的年龄要小孟郊许多,因为韩的生卒年是768－724年。韩愈与孟郊的一见如故,大概是源于两个原因,其一是韩愈的性格本身就是随和,这一点也是韩愈的传记并其他有关资料认同的;其二是韩愈作为当时的文坛领袖必须具备此等性格，假设韩仅有高才却没有包容宽厚的心胸，那么多怪里怪气的文坛侠客如何心甘情愿地到他帐下视麾共进呢？二是他的科考及仕途。和某些个文坛才子一样，孟郊是属于那种有才却经不起科考的诗人。难得的是考不上也不气馁，休整一番接着再考。《新唐书》记载，他直考到了五十岁才得进士，也有资料说他是四十六岁中第的。五十岁也好、四十六岁也罢，反正是中第够晚的了。虽然晚，可孟郊还是听到消息后兴高采烈、意气飞扬。这事让我们现在看来有些滑稽，五十岁的小老头儿了，中个破进士有啥好高兴的！可在他那个时代看来十有八成是件极为体面庆幸的大喜事，否则孟郊的性格就是再怪，也不至于为了个普通的事情兴奋得大发神经。孟郊兴奋得如何呢？他得到中第的消息后即刻拎笔造诗，就名之为《登科后》，整个诗题直截了当、明明白白。诗云："昔日龌龊不足夸，今朝放荡思无涯。春风得意马蹄疾，一日看尽长安花。"这孟夫子一高兴、一吟诗不打紧，生生给后辈们留下了两句成语典故——春风得意、走马观花，使得后辈的人们一旦提起了这两句成语，便不由自主地想起这位孟老夫子当年中第的事来。虽说是登了第，可官运却不佳，好像在现今江苏那个地方做了一个时期的"溧阳尉"，后来虽有调迁的说法，似乎没及上任就谢世了。三是他的为官为人。大概是大半生自由自在的惯了，这孟郊就任了溧阳尉后也不把个做官尽职放在心上。据说，他所在的那个县城的城郊有个山青水绿的好处所，适宜静寂休息、闲致垂钓，于是，他便丢弃官务，每日里去那饮酒赋诗。那个溧阳县令也是十分地会办事，一方面是将此情况上报州府，另一方面找了个替身的县尉，替孟郊在那里顶着，调整矛盾的办法是将孟郊的薪俸一分为二，一半归孟郊，另一半归孟的替身。此种方式让今人看来已是大为羡慕，可那孟郊还是不满意，于是便"辞官家居"（据《唐才子传》），不干了，回家写诗去了。真的不负"诗囚"之称，整个地被诗囚住了。由此可见，孟郊的为官是很随便的，也可知他原本不是一块政务官的料。孟郊虽然不易相处，但与那些对了心思的朋友间情谊还是蛮融合的。四是他的诗风特色。孟郊一生贫寒凄苦，诗如其人，也就自然地贫寒凄苦。比如他的那首题为《游子吟》的五言古诗："慈母手中线，游子身上衣。临行密密缝，意恐迟迟归。谁言寸草心，报得三春晖。"虽说吟之归宿是报答那如同三春般温暖的慈母之情，但留给读者的还是那母子间的贫困相依和别离的凄苦之情。

至于他的军旅诗风格，只能与他的军旅诗一起做探讨了。其特色为：一、尚武勇战类型的。主要是《猛将吟》。孟郊没有带兵打仗的经历，更谈不上是什么将军，所谓"猛将吟"不过是一己的抒怀之吟罢了。作者无非是在述说，若要我做个将军的话，我就一定会有此等的豪迈和义勇。正是因为诗人没有从军打仗的经历，也就暴露出了此诗构思上的缺陷——拟战与拟志相抵牾。请看：诗是从对敌的愤恼开始的，真想碎刮了敌人，只是怒气未及发。秋战的鼓声不停，夜间的刀剑映光。驱除面对的虎狼之敌，胸装神韬密略。古今都有一致的说法：北方多出猛将。抵牾在何处？假设不看诗题，你会以为这是在赞颂一位出自北方的猛将——战事大概是真的；看了诗题，你会以为这是一位空有报国志的吟者在抒发胸臆——战事是虚拟的！当你把孟郊的生平和诗风结合起来体味是诗时，还会觉出一些硬造之嫌。当然，这是从写诗的手法和体验上说的，并不否认诗人健康的国防观。二、厌战感慨型的。较典型的为《征妇怨》：其一"良人昨日去，明月又不圆。别时各有泪，零落青楼前。君泪濡罗巾，妾泪满路尘。罗巾长在手，今得随妾身。路尘如得风，得上君车轮。"这第一首描写的是妇人与征夫言别的回忆场面：丈夫离去，月已不圆，昨日的洒泪言别似在眼前。其二"渔阳千里道，近如中门限。中门逾有时，渔阳长在眼。生在绿罗下，不识渔阳道。良人自戍来，夜夜梦中到。"这第二首写的是别离后千里思夫的情形，妇人反复地述说对渔阳——丈夫从戎之地的思想，然而最终盼来的不过是一场虚幻的梦。三、再有一些是借征戍之事述说他种情怀的。比如那首《古意》，虽然诗的起首便言"荡子守边戍，佳人莫相从。去来年月多，苦愁改形容。"可再以后的三十句便已看不出妻子对丈夫的生死伤痛的挂怀，只是些凄凄切切的普通男女离别之怨了。他还有一首题为《送韩愈从军》的诗，使我们知道这韩愈从军真的确有其事，遗憾的是在韩诗中怎么也找不出一首像样的军旅诗来。该诗的前六句云"志士感恩起，变衣非变性。亲宾改旧观，僮仆生新敬。坐作群书吟，行为孤剑咏。"说的是韩愈一身戎装后性情并没有变，只是亲朋孩童另眼相观且增加了几分敬重，韩愈也从过去单一的"书吟"化为"书吟与剑咏"并而行之了！

　　孟郊一生凄苦，不止史料的记载，从他自写的诗中也可见一斑。他先后写过《叹命》《卧病》两首五言诗，应该是对自身境遇的真实写照。《叹命》诗云"三十年来命，惟藏一卦中。题诗还问易，问易蒙复蒙。本望文字达，今因文字穷。影孤别离月,衣破道路风。归去不自息,耕耘成楚农。"这里就发生这样三个问号:一是孟郊究竟懂算卦否? 二是卦这东西可否算得准? 三是即便算准了能否改变运数? 或许,孟郊懂算卦是极可能的,因为汉以后在"易"的衍生派中就有算卦的这一路,多数的文士都通晓一些卦理和推算方式,这对孟郊来说应该不难。其次是算得准否,应该说多数不准,个别准的都是偶然撞上了,用民间话说是"瞎猫碰上了死耗子"。既然算都算不准,也就用不着再解释算准后如何改变运数的办法了。其实,生活中最怪的情形往往是算准了的东西谁都不去信,认为那是瞎"忽悠";对算错的东西却又深信不疑,认为那是千古不变的真理。在这个正与误的态度上,向来只有少数人才有超然的悟性和鉴别力。回首看看我们的历史,难道不是这样吗? 妄信小、近、俗、狭,不信大、远、雅、宏,这样的情形很多呀! 狭隘的易学观也就往往糟蹋了"易"。《卧病》诗则云"贫病诚可羞,故床无新装。春色烧肌肤,时餐苦咽喉。倦寝意蒙昧,强言声幽柔。承颜自俯仰,有泪不敢流。默默寸心中,朝愁续暮愁。"如果说人之将死其言也善的话,则人之病中其言也实。所以,孟夫子的这首"卧病"诗表述出的酸酸苦苦、凄凄惨惨应该是可信的。述病先说贫,故有贫病交加的说法,看来亦源之于古。冷床、高烧、咽肿、忍泪、深愁,一丝的乐观和期冀都没有,明显的是一首绝命诗。运既不佳,身亦多病,注定了这孟郊苦难的一生。

为便于整个地了解韩孟诗派,这里还要介绍一下本诗派的韩愈(768—824 年)、贾岛(779—843 年)、卢仝(790—835 年)、马异、李翱、皇甫湜等,还有那个因"怪"亦被某些人归入韩派的"鬼才"李贺,以及与韩愈同样倡导古文运动的柳宗元。韩虽从过军,却没发现他的诗集里有正宗成型的军旅诗,怪令人遗憾的,或许是他当时领率古文运动的匆忙急迫而无暇顾及吧。寻到一首《入关咏马》七绝,似乎与边塞、与战事还能有些个关联,就录到了这里。原诗云"岁老岂能充上驷,力微当自慎前程。不知何故翻骧首,牵过关门妄一鸣。"诗的表意是说:有一匹老马已经无力与力壮的它马同车相驾了,既然是岁老力微就要自慎前程而处处量自力;然而却不知什么缘故突然摇首颠跑起来,恰逢牵它过边塞的关门之处时还胡乱地鸣叫起来。这老不量力、遥想当年战场飞驰的鸣叫仅仅是马吗? 一定不是,大概是写诗的韩愈也把自己算了进去。韩愈虽然史上名声极大,可挫折也颇多。据称他自小学习刻苦,尽通六经百家。贞元八年及进士第,擢官后因为好直言累被黜贬。先后授任或贬任过监察御史、阳山令、博士、比部郎中、史馆脩撰、考功郎中、中书舍人、刑部侍郎、潮州刺史、国子祭酒、兵部侍郎等等。死后赠了个"礼部尚书"的衔。一生爱才,经他荐举成名者甚众。因此说,韩愈这里咏的是马,其实是暗喻自己的"老骥伏枥,志在千里"的志向。韩愈的诗好不好? 历来评价不一,我们可以断定的是:其一,韩的诗怪在革故出新上,不但用字立意怪,以文为诗的手法也怪。其二,韩诗确是诗史上的自成一派,且是最怪的一派。对怪如何评价,从当时倡导新文风的角度看。韩的方式可能有作用,其标新立异的某些做法也可取,但怪中的流俗和乏味则是不可取的,因为诗若没了诗味无论如何不是好事!

　　贾岛有几首军旅诗,但由于他没有在军旅生活,又没有去过边塞,写出来的多为比拟之作。比如《代边将》五律,有"三尺握中铁,气冲星斗牛。报国不拘贵,愤将平虏雠。"的句子,只是一种抒发意气的虚写。再有另一首《代旧将》的五律,内云:"战场几处在,部曲一人无。落日收病马,晴天晒阵图。"也是意想中的情意寄托。他还有一首题为《剑客》的五绝,是一首军不军、侠不侠的诗,云曰"十年磨一剑,霜刃未曾试。今日把示君,谁有不平事。"什么叫不平事? 若是国事当为军事,拔剑即从军;若是家事即为私事,拔剑或为侠,且这剑拔得是与非也成了问题。至于他的那首《壮士吟》,就权当是侠客行的吟唱了:"壮士不曾悲,悲即无回期。如何易水上,未歌先泪垂。"这里抒发的其实是诗人的一种报国无门、壮志空悲的哀思。他的其他一些诗,则以清奇凄苦著名,很多是写自然景物和闲居情致的。在为诗的态度上,他极为刻苦求工,诗风清淡朴素。据传说的记载,曾有过当途"推敲"遇韩愈的故事,还是那位大度的韩愈不计较他的冲撞马头,且给他提建议,说是用"敲"的好,于是就留下了那首题为《题李凝幽居》的五律:"闲居少邻并,草径入荒园。鸟宿池边树,僧敲月下门。过桥分野色,移石动云根。暂去还来此,幽期不负言。"贾岛早年为僧,名无本,后还俗。几次考进士不中,还是借助了韩愈的推荐勉强地做了一段称为"主簿"类的小官。所以,他也是苦命的一位,这就影响到他的诗也随着苦。傍近晚年的时候,眼望着那些诗坛名士及好友逐个地谢世,他不胜悲戚,接连作有数首哭诗,前后以哭为题的诗就有七首。其中两首哭孟郊的诗极为感人。其一是首七绝《哭孟东野》"兰无香气鹤无声,哭尽秋天月不明。自从东野先生死,侧近云山得散行。"其二是首五律《哭孟郊》"身死声名在,多应万古传。寡妻无子息,破宅带林泉。冢近登山道,诗随过海船。故人相吊后,斜日下寒天。"孟郊的死能让人哭得日下天寒,这是多大的感应和悲伤?

至于韩门下的卢仝、马异、李翱、皇甫湜,照《全唐诗》所录诗作,不曾发现有军旅意味的诗篇。且四人中惟卢仝、马异二人《唐才子传》入选,李翱、皇甫湜二人则未收录,或许是稍别于唐才子吧?既如是,对此四人也就不多介绍,仅将《全唐诗》之小传照录如下:

"卢仝,范阳人。隐少室山,自号玉川子。征谏议,不起。韩愈为河南令,爱其诗,厚礼之。后因宿王涯第,罹甘露之祸。"

"马异,河南人,与卢仝友善。诗四首。"

"李翱,字习之。中贞元进士第,调校书郎。元和初,为国子博士、史馆修撰。迁考功员外郎,除郎、庐二州刺史,入为谏议大夫。知制诰,改中书舍人。会昌中,终山南东道节度使。"

"皇甫湜(是字左侧有三点水旁),字持正,新安人。元和中擢进士第,为陆浑尉,仕工部郎中。裴度辟为判官。"

"鬼才"李贺以怪归之于韩派,应该说是一桩较为勉强的事情。不过归于何类并不重要,重要的是李贺一个未入仕、未去过边塞的青年诗人也能写出像模像样的军旅诗,确是一件很不简单的事情,也许这也是"鬼才"在起作用吧!他有十来首军旅诗,较为出名的是两首。一是据称他十七岁时写的那首《雁门太守行》"黑云压城城欲摧,甲光向日金鳞开。角声满天秋色里,塞上胭脂凝夜紫。半卷红旗临易水,霜重鼓寒声不起。报君黄金台上意,提携玉龙为君死。"李贺在想象一场战事:敌方黑云般压来,士兵的铠甲在光照下闪耀。秋野上响彻号角,随处可见流血的将士。易水两岸红旗半卷,严霜下的鼓声郁闷沉重。正是报答当初黄金台上被光荣招录的好时机,应当提起玉龙剑为报君酬国赴死!另一首是题为《南园十三首》里的其五,是晚一些时候写的,诗云"男儿何不带吴钩,收取关山五十州。请君暂上凌烟阁,若个书生万户侯?"意思是说,男子汉何不挎上宝剑,为国家去收取那些不听指挥的藩镇?你去凌烟阁上看一看那二十四功臣像吧,试想哪个书生可建功立业为万户侯且与之相比!李贺生卒于790-816年,一生只短短的二十七岁。他得病而早殇,怕是与他自小精神上的包袱、压力沉重有关。他的父亲名为"进肃",被人解释为"进士不成",就因为这个迷信的说法,虽经韩愈的为之破解,他仍不振作,最终也是没有参加科举,也就因此没有入仕的门路,也就潦倒悲切而至沉疾不治。李贺人虽嫩,诗可是很老到。比如,还是他的那首《南园十三首》,里面的其六就是慨叹自己的枉心苦学、无所见用,吟曰"寻章摘句老雕虫,晓月当帘挂玉弓。不见年年辽海上,文章何处哭秋风。"二十几岁的人就能把国事之盛衰与文章之用废缀连成如此奇特之境界,倘使活成个李杜那般的年龄,真不知会如何。

最后附带介绍一下柳宗元。柳宗元(773-819),字子厚。他虽在诗上不入韩流,但在倡导和推进古文运动上却是紧随韩后的一位代表人物。他也没什么军旅诗作,形象较近的只有一首《咏荆轲》,其中有"秦皇本诈力,事与桓公殊。奈何效曹子,实谓勇且愚。世传故多谬,太史征无且。"的句子,认为秦始皇并非如同当年的齐桓公那样能够听从管仲的谏言守信义(故齐桓公在曹沫的胁迫及管仲的说服下践守了归还鲁国土地的许诺),是专以险诈和暴力成事的,荆轲再去学习鲁庄公依曹沫的那种勇毅的办法对秦就是愚蠢了。这荆轲的故事一定是人们瞎传的,那位太史公司马迁也没什么凭证就给记述下来了。看来,历史评价就是因人的观点而异。柳宗元不高兴对荆轲的评价和描述,连司马迁也被批评为无中生有了。附带要说明的是他的山水诗很被称道,韩愈、柳宗元虽然诗作亦为上品,但却不是绝活儿。绝活儿是他们的文章,比如韩的《师说》《杂说》《进学解》《原道》《原毁》等,柳宗元的《段太尉逸事状》《种树郭橐驼传》《捕蛇者说》《谤誉》《三戒》等,都是为人熟悉的篇章,且多数都收入了现行的中学语文课本。正因此二人的非凡成就,所以也就享受到了华夏历史文坛上的最高荣誉,被推列为唐宋八大家之首!

怨　诗

试妾与君泪，两处滴池水。

看取芙蓉花，今年为谁死。

【赏析】

　　在同辈诗人中，韩愈推重的莫过于孟郊，他曾称赞道："及其孟郊为诗，刿目鉥心，刃迎缕解。钩章棘句，掐擢胃肾。神施鬼设，间见层出。"（《贞曜先生墓志铭》）盛赞其艺术构思之精巧。艺术构思是很重要的，有时决定着创作的成败。比如说写女子相思的痴情，这该是古典诗歌最普遍最常见的主题了，然而，艺术构思不同，诗的风貌也不同。薛维翰《闺怨》："美人怨何深，含情倚金阁。不笑不复语，珠泪纷纷落"。此诗以落泪写怨情之苦，构思平平。李白笔下的女子就不同了："昔日横波目，今成流泪泉。不信妾肠断，归来看取明镜前。"（《长相思》）这首诗也写掉泪，却说希望丈夫回来看一看以验证自己相思的情深（全不想到那人果能回时"我"将破涕为笑，岂复有泪如泉！），这傻话正写出十分的情痴。但据说李白的夫人看了这诗却说："君不闻武后诗乎？'不信比来常下泪，开箱验取石榴裙'。"致使"太白爽然若失"（见《柳亭诗话》）。何以会"爽然若失"？因为武后已有同样的构思在先，李白的诗句尚未能出其右。孟郊似乎存心要与前人争胜毫厘，写下了这样一首构思更为奇特的"怨诗"。

　　他也写了落泪，但却不是独自下泪了；也写了验证相思深情的意思，但却不是唤丈夫归来"看取"或"验取"泪痕了。诗是代言体，诗中女子的话比武诗、李诗说得更痴心，更傻气。她要求与丈夫（她认定他也在苦苦相思）来一个两地比试，以测定谁的相思更深。相思之情，是看不见，摸不着，没大小，没体积，没有形象的东西，测定起来还真不容易呢。可女子想出的比试的法儿是多么奇妙，多么匪夷所思啊。她天真地说：试把我们两个人的眼泪，各自滴在莲花（"芙蓉"）池中，看一看今夏美丽的莲花，将为谁的泪水浸死。显然,在她心目中看来,谁的泪更多,谁的泪更苦涩,莲花就将"为谁"而"死"。那么,谁的相思之情更深,自然也就测定出来了。这是多么傻气的话,又是多么天真可爱的话呵!池中有泪,花亦为之死,其情之深真可"泣鬼神"了。这一构思使相思之情具体化。那出污泥不染的莲花,将成为它可靠的见证。这就是形象思维。但不是痴心人儿,量你想象不出。这孟郊真是"刿目鈌心""掐擢胃肾"而为诗了,读者不得不佩服其奇绝的想象力。

"换你心,为我心,始知相忆深。"(顾夐《诉衷情》)自是透骨情话。孟郊《怨诗》似乎也说着同一个意思,表达着同一种痴情。

结　爱

心心复心心，结爱务在深。

一度欲离别，千回结衣襟。

结妾独守志，结君早归意。

始知结衣裳，不如结心肠。

坐结行亦结，结尽百年月。

【赏析一】

这首题为《结爱》的五言诗只有十句，然而题目中用的那个"结"字，竟从头到尾地出现了九回。用字不避重复，句式近乎复沓，一唱三叹，反复吟咏，颇有些民歌的风味，也颇有打动人心的力量。这是一个总的印象，下面细细读去。

开篇两句点题，诗人首先提出这样一种看法："心心复心心，结爱务在深。"两人相爱，自然务求爱得深挚，爱在深处。何处为深？那就是要心心相连，心心相印，在各自的心灵深处相亲相爱。这样的爱植根于感情的沃土，割去了物欲牵累，摆脱了世俗羁绊，才算是纯洁的爱，高尚的爱。这其实是诗人的爱情观，也是全诗的魂魄所在。接下来，诗人举男女离别时"结衣襟"的习俗为例，从中探究爱的真谛。"一度欲离别，千回结衣襟"。这两句对仗工整，"一度""千回"恰相映衬，说明相爱的人在离别之际是何等依恋。你看，哪怕只是一度的分离，也要百回千回地把两人的衣襟连到一起，以示彼此恋恋不已，难舍难分。那么，透过这个生活细节，我们能得到什么启示呢？诗人再将我们带到深处，去窥探那女子"结衣襟"时的心理活动："结妾独守志，结君早归意。"原来，这对女人来说，就是表示在离别后的独居岁月里要守志不移；就那个男子而言，就是企盼他在异乡外地能早生归意。这女子的"志"，男子的"意"，不都是两个相爱者的心中之情吗？哪里只是什么"结衣襟"呢？由此诗人进而得出结论："始知结衣裳，不如结心肠。"这两句明白如话，却包含着爱的哲理。既然"结爱"之深是深在心灵之中，那么"结衣裳"又有何必要？相聚也好，离别也罢，都是应该而且可以"结心肠"的呵，有什么力量能使心肠相连的人分开呢？这既是对"心心复心心"两句的印证，又是对"一度欲离别"两句的深化。由此延伸，就是下面的"坐结行亦结，结尽百年月"。"坐"与"行"，乃是生活中人的最基本的行为方式，代表着生活的每个时刻。只要两人经常地不断地培植爱情，那么，爱的阳光就能温暖生活的每时每刻，照亮人生的全部旅程。这，才是伟大、壮丽而永恒的爱情呀！

爱情，许多人以为只是青年人的一种专利。孟郊的《结爱》，则把爱情这一青春的牧歌唱到了人生的殿堂，使整个人生都响彻着爱的旋律。在他的笔下，男女之爱已脱尽了铅华脂粉，蒸发了笑声泪水，避开了体态容貌，超越了岁月年轮。在孟郊的眼里，爱情乃是情感的契合，心灵的共鸣，是足以打破时空阻隔的两颗心的相互吸引和彼此融合。他从世上所有健康的爱情中提取精华，抽出内核，使之升华为人生最纯洁高尚最神圣庄严的一种感情。这种感情如果推而广之，把它从男女之间引向更广阔的人际，岂不是也很好吗？

孟郊是一个以"苦吟"著称的诗人，诗作多愁苦冷涩之音。但他又是一个多情的诗人，善于以深刻的目光观察普通的情，以平淡的语言表达深沉的爱。除了那首传颂甚广的《游子吟》而外，这首《结爱》也是一个例证。他能把爱的内涵开掘得如此之深，把爱的疆域拓展得如此之广，说明他有一双异乎常人的慧眼和一支独具光彩的诗笔。孟郊的确是一个不同寻常的诗人，这首《结爱》也算得上一篇不同凡响的爱情诗。

【赏析二】

如果说孟郊的《游子吟》通篇渗透着母爱的话，这篇《结爱》诗，则通篇渗透着情爱。谈到爱情，众者皆言是年轻人之专利。《结爱》诗则把爱情之歌唱到了人生的殿堂，使人生的全过程都响彻着爱的旋律。在孟郊之笔下，男女之爱已抛弃了烟雾玉质，脱尽了铅华脂粉，蒸发了笑声泪水，避开了体态容貌，淡化了万贯家财，消失了贵贱尊卑，超越了岁月年轮。这种爱是情感的契合,是心灵的共鸣,是两心的吸引,是彼此的融合。他从举世健康之爱中,取精华、提内核,使之提升为纯洁、庄严和至高无上的情感。推而广之,将此爱情若遍及寰宇,岂不是人间充满爱了吗?"只要人人都献出一点爱,世界将变成美好的人间"。

孟郊诗集

寒地百姓吟

无火炙地眠，半夜皆立号。

冷箭何处来，棘针风骚骚。

霜吹破四壁，苦痛不可逃。

高堂捶钟饮，到晓闻烹炮。

寒者愿为蛾，烧死彼华膏。

华膏隔仙罗，虚绕千万遭。

到头落地死，踏地为游遨。

游遨者是谁，君子为郁陶。

【赏析】

此诗题下自注云："为郑相其年居河南，畿内百姓，大蒙矜恤。"郑相，指郑余庆，《旧唐书》本传谓宪宗元和三年（808 年）为检校兵部尚书，兼东都留守。同书《孟郊传》又云，李翱荐郊于留守郑余庆，辟为宾佐，后余庆镇兴元，又奏为从事。可见此诗当为元和中作于洛阳。孟郊与郑关系如此之好，但他并没有对郑作正面的歌颂，甚至也没有在诗中表现"畿内百姓"如何"大蒙矜恤"；他所想到的只是苦寒中的百姓，这一点相当难能可贵。

全篇立意，可用杜甫两句诗来概括："朱门酒肉臭，路有冻死骨。"（《自京赴奉先咏怀五百字》）但它描绘得更为具体，在我们面前展现了一幅贫富悬殊的画卷。一个寒冷的冬夜，贫苦的百姓们席地而眠。本该像今天北方烧炕似的，先用柴火将地皮烘热，然后才能躺下。可他们哪里有钱买柴火，只得睡在冰冷的冻土上。好容易挨到半夜，冻得实在受不了，于是站起来直叫冷。"半夜皆立号"五字，何其精炼而又准确！特别是那个"皆"字，又代表了多少啼饥号寒的普通百姓！从"冷箭"一句起，诗人的笔触从地面转向四壁。冷箭、棘针，形容从破壁中吹进的冷风。骚骚，语本《文选》张衡《思玄赋》："寒风凄其永至兮，拂云岫之骚骚。"注引李善曰："骚骚，风劲貌。"一本作骚劳，疑非是。"霜吹破四壁"，极言寒风之劲。霜花竟能从破壁中吹进，屋子缝隙之大可想而知。冷风挟着霜花，穿过破壁，像冷箭、棘针一般砭人肌骨，无此生活体验者绝不能写出，有此生活体验而不关心民情者亦不能写出。孟郊是一寒士，李翱《荐所知于徐州张仆射》曾云："郊穷饿不能养其亲，周天下无所遇。"故能写出此语。而"苦痛不可逃"一句，则呼喊出受难者的心声。室内尚如此寒冷，何况冰天雪地的室外，即使逃出去，岂不是活活冻死！联系下文来看，这句也可看作对当时社会的控诉。在封建制度的统治下，苦寒的百姓是永远翻不了身的。

"高堂"二句写富贵人家夜宴时鸣钟奏乐，直至天明，烹调美味佳肴的香气还久久不散，四处可闻。同前面所描写的相比：贫者一何苦，富者一何奢！看来贫富悬殊、阶级对立，确是封建社会一个活生生的存在。问题是在这种对立面前，贫者是委曲求全、苟且偷生？还是揭竿而起，同命运抗争？诗人选择了后者。他写寒者不胜冻饿之苦，宁愿变做扑灯蛾，被灯火活活烧死。这是受冷之极、渴求温暖的一种心理变态，也是一种消极的反抗。尽管如此，那点燃着兰膏的华灯却被层层纱幔遮蔽，使他（或他们）难以接近。尽管"仙罗"遮挡，华灯难近，寒者还不住地在四周转悠，寻找机会，以求一进"华膏"。"虚绕千万遭"，虽属虚指，然却反映了寒者求生不能、求死不得的悲惨境遇。一个"虚"字，包含了多少惆怅、多少失意之情！

"到头"二句，把贫富尖锐对立的矛盾，推向了高潮。寒者绕帐转了不知多少遍，终因冻饿疲惫不堪，倒地而死。此"到"字即"倒"字，见《说文通训定声》。"到头"便是倒头。寒者一头栽倒在地，死了也无人过问。不仅如此，那些在罗帐里通宵吃喝的富人，还醉醺醺地走了出来，踏着尸体，恣意遨游。如此惨状，惨绝人寰，确实令人难以卒读。在中国文学史上，揭露如此深刻的作品，实在并不多见。这首五古，用的是赋体。它从头至尾，娓娓道来中唐时代残酷的现实。人物形象都是通过自身的行动进行刻画的，且与所处的环境结合得相当紧密。诗中采用了十分贴切的比喻，如冷箭、棘针之喻寒风，飞蛾之喻寒者；也采用了夸张的手法，如"虚绕千万遭""踏地为游遨"。然而更为重要的是在强烈对比中展开矛盾冲突，在矛盾冲突中揭露贫富的对立，歌颂寒者顽强不屈的意志，鞭挞富人灭绝人性的逸乐生活。直到最后，作者才忍无可忍地出面责问："游遨者是谁？君子为郁陶！"君子当然是诗人自指,或许也包含了某一类有良心的官吏。郁陶(音遥)是悲愤积聚之意。这里的问题提得异常尖锐,难道游遨者仅是参加夜宴的几个人吗?不,是整个统治阶级,是万恶的封建制度!

巫山曲

巴江上峡重复重,阳台碧峭十二峰。

荆王猎时逢暮雨,夜卧高丘梦神女。

轻红流烟湿艳姿,行云飞去明星稀。

目极魂断望不见,猿啼三声泪滴衣。

【赏析】

乐府旧题有《巫山高》,属鼓吹曲辞。"古辞言江淮水深,无梁可渡,临水远望,思归而已。"(《乐府解题》)而六朝王融、范云所作"杂以阳台神女之事,无复远望思归之意",孟郊这首诗继承了这一传统,主咏巫山神女的传说故事(出宋玉《高唐》《神女二赋》)。本集内还有一首《巫山行》为同时作,诗云:"见尽数万里,不闻三声猿。但飞潇潇雨,中有亭亭魂。"二诗大概为旅途即兴之作。

"巴江上峡重复重",诗中明显有一舟行之旅人的影子。沿江上溯,入峡后山重水复,屡经曲折,于是目击了著名的巫山十二峰。诸峰"碧丛丛,高插天"(李贺《巫山高》),"碧峭"二字是能尽传其态的。十二峰中,最为奇峭,也最令人神往的,便是那云烟缭绕、变幻阴晴的神女峰。而"阳台"就在峰的南面。神女峰的魅力,与其说来自峰势奇峭,毋宁说来自那"朝朝暮暮,阳台之下"的巫山神女的动人传说。次句点出"阳台"二字,兼有启下的功用。经过巫峡,谁不想起那古老的神话,但有什么比"但飞潇潇雨"的天气更能使人沉浸于那本有"朝云暮雨"情节的故事情境中去的呢? 所以紧接着写到楚王梦遇神女之事:"荆王猎时逢暮雨,夜卧高丘梦神女。"本来,在宋玉赋中,楚王是游云梦、宿高唐(在湖南云梦泽一带)而梦遇神女的。而"高丘"是神女居处。一字之差,失之千里,却并非笔误,乃是诗人凭借想象,把楚王出猎地点移到巫山附近,梦遇之处由高唐换成神女居处的高丘,便使全诗情节更为集中。这里,上峡舟行逢雨与楚王畋猎逢雨,在诗境中交织成一片,冥想着的诗人也与故事中的楚王神合了。以下所写既是楚王梦中所见之神女,同时又是诗人想象中的神女。诗写这段传说,意不在楚王,而在通过楚王之梦来写神女。

关于"阳台神女"的描写应该是《巫山曲》的画龙点睛处。"主笔有差,余笔皆败。"(刘熙载《艺概·书概》)而要写好这一笔是十分困难的。其所以难,不仅在于巫山神女乃人人眼中所未见,而更在于这个传说"人物"乃人人心中所早有。这位神女绝不同于一般神女,写得是否神似,读者是感觉得到的。而孟郊此诗成功的关键就在于写好了这一笔。诗人是紧紧抓住"且为朝云,暮为行雨,朝朝暮暮,阳台之下"(《唐赋》)的绝妙好词来进行艺术构思的。

神女出场是以"暮雨"的形式:"轻红流烟湿艳姿",神女的离去是以"朝云"的形式:"行云飞去明星稀"。她既具有一般神女的特点,轻盈飘缈,在飞花落红与缭绕的云烟中微呈"艳姿";又具有一般神女所无的特点,她带着晶莹湿润的水光,一忽儿又化成一团霞气,这正是雨、云的特征。因而"这一位"也就不同于别的神女了。诗中这精彩的一笔,如同为读者心中早已隐约存在的神女撩开了面纱,使之眉目宛然,光艳照人。这里同时还创造出一种若晦若明、迷离恍惚的神秘气氛,虽然没有任何叙事成分,却能使人联想到《神女赋》"欢情未接,将辞而去,迁延引身,不可亲附"及"黯然而瞑,忽不知处"等等描写,觉有无限情事在不言中。

随着"行云飞去",明星渐稀,这浪漫的一幕在诗人眼前慢慢消散了。于是一种惆怅若失之感向他袭来,"目极魂断望不见"就写出其如痴如醉的感觉,与《神女赋》结尾颇为神似(那里,楚王"情独私怀,谁者可语,惆怅垂涕,求之至曙")。最后化用古谚"巴东三峡巫峡长,猿鸣三声泪沾裳"作结。峡中羁旅的愁怀与故事凄艳的结尾及峡中迷离景象打成一片,使人咀嚼无穷。

全诗把峡中景色、神话传说及古代谚语熔于一炉,写出了作者在古峡行舟时的一段特殊感受。其风格幽峭奇艳,颇近李贺,在孟郊诗中自为别调。孟诗本有思苦语奇的特点,因此偶涉这类浓艳的题材,便很容易趋于幽峭奇艳一途。李贺的时代稍晚于孟郊,从中似乎可以窥见由韩、孟之奇到李贺之奇的变化轨迹。

闻　砧

杜鹃声不哀,断猿啼不切。

月下谁家砧,一声肠一绝。

杵声不为客,客闻发自白。

杵声不为衣,欲令游子归。

【赏析】

这是一首借砧声抒发游子情怀的诗作。

砧声的特点在于"哀"而"切"。每当萧飒之秋,月明之夜,一声声砧杵,刺破寒空,无不给人以凄楚苍凉之感。可是为了突出砧声之哀,诗人却不从正面着手,而是先用两个人们熟知的哀音作为比较:"杜鹃声不哀,断猿啼不切。"杜鹃的声音算得哀了,李白《宣城见杜鹃花》诗云:"蜀国曾闻杜鹃鸟,宣城又见杜鹃花。一叫一回肠一断,三春三月忆三巴。"子规即杜鹃,鸣声凄切,似"不如归去",最易引起羁旅愁思。然而它与砧声相比,诗人却说它"不哀"。断猿,指断肠之猿。《世说新语·黜免》载:"桓公入蜀,至三峡中,部伍中有得猿子者,其母缘岸哀号,行百余里不去,遂跳上船,至便即绝。破视其腹中,肠皆寸寸断。"又《荆州记》引渔者歌曰:"巴东三峡巫峡长,猿鸣三声泪沾裳。"杜甫亦有诗云:"风急天高猿啸哀。"(《登高》)"听猿实下三声泪"。(《秋兴八首》)猿声之哀,一至于此。可是这里却说它"不切"。果然"不哀""不切"吗?不,这是为了烘托砧声。

铺垫已足,诗人便纵笔描写砧声。这时诗中主人公远游他乡,月下徘徊之际,忽然阵阵砧声,传入他的耳畔。他不由一惊:"月下谁家砧?"这声音好凄苦:"一声肠一绝。"本来杜鹃声、猿声皆令人肠断,然而对一个经常涉水登山的人来说,已经司空见惯,无动于衷,唯有这月下砧声,才能撩拨他心中的哀弦。于是下文转入自我愁思的抒发。

"杵声"以下四句,重在写自我的主观感受。所谓"客"和"游子",都是指诗中人物。孟郊以写《游子吟》著称,他的"慈母手中线,游子身上衣。谁言寸草心,报得三春晖",千百年来,脍炙人口。他还有一首《游子》诗云:"萱草生堂阶,游子行天涯。"也写得情真意切。这里既言"客",又言"游子",是一再强调作客他乡之意。是的,"杵声不为客",它是生活中的客观存在,捣衣妇并非专为惹动游子愁思才挥动捣衣棒。尽管砧声无意,而闻之者却有心:"客闻发自白。"听了砧声,头发不禁为之愁白。古代妇女捣衣,有的是为了寄给征人,故唐代陈玉兰《寄夫》诗云:"一行书信千行泪,寒到君边衣到无?"此云:"杵声不为衣,欲令游子归。"是代捣衣妇设想,意为她此时捣衣,并非为了寄给游子,而是想让他听到砧声,惹起乡思,速速归来。语直而纡,感情深挚。上两句分明说"杵声不为客",而这里实际是说杵声专为游子而发即"为客",语言似相互矛盾。其实这是反复言之,上两句从游子角度着眼,下两句从对面(思妇)写来,多层次、多侧面地描述了砧声之苦。

这首五古不雕章琢句,而是以质朴的语言,倾诉胸中的感情。同是咏砧,同是写游子,但作者能独辟蹊径,自出机杼,写得真挚感人。诚如苏轼《读孟东野诗》所说:"诗从肺腑出,出辄愁肺腑。"

古别离

欲别牵郎衣，郎今到何处。

不恨归来迟，莫向临邛去。

【赏析】

孟郊的诗，向以生僻深奥、寻奇求险为人诟病，但是，这首《古别离》，却写得情真意切、质朴自然。

诗的开头"欲别"二字，紧扣题中"别离"，同时也为以下人物的言行点明背景。"牵郎衣"的主语自然是诗中的女主人公，她之所以要"牵郎衣"，主要是为了使"欲别"将行的丈夫能暂停片刻，听一听她诉说自己的心里话；另外，从这急切、娇憨的动作中，也流露出女主人公对丈夫的依恋亲密之情。

女主人公一边牵着郎衣，一边娇憨地问："郎今到何处"？在一般情况下，千言万语都该在临行之前说过了，至少也不会等到"欲别"之际才问"到何处"，这似乎令人费解。但是，联系第四句来看，便可知道使她忐忑不安的并不识不知"到何处"的问题，而是担心他去到一个可怕的去处——"临邛"，那才是她真正急于要说而又一直难于启齿的话。"郎今到何处"，问得多余，却又问得巧妙。

第三句宕开一笔，转到归期，按照常情，该是盼郎早归，迟迟不归岂非"恨"事！然而她却偏说"不恨"。要体会这个"不恨"，也必须联系第四句——"莫向临邛去"。临邛，即今四川省邛崃市，也就是汉朝司马相如在客游中，与卓文君相识相恋之处，这里的临邛不必专指，而是用以借喻男子觅得新欢之处，到了这样的地方，对于她来说岂不更为可恨，更为可怕吗！可见"不恨归来迟"，隐含着女子痛苦的真情，"不恨"，不是反语，也不是矫情，而是真情，是愿以两地相思的痛苦赢得彼此永远相爱的真情，她先如此真诚地让一步，献上一颗深情诚挚的心，最后再道出那难以启齿的希望和请求——"莫向临邛去"！这该能打动对方了吧，其用心之良苦，真可谓"诗从肺腑出,出则愁肺腑"。

诗的前三句拐弯抹角,都是为了引出第四句,第四句才是"谜底",才是全诗的出发点和归宿,只有抓住它方能真正地领会前三句,咀嚼出全诗的情韵。诗人用这种回环婉曲、欲进先退、摇曳生情的笔触,熟练而又细腻地刻画出女主人公在希求美满爱情生活的同时又隐含着忧虑不安的心理,并从这个矛盾之中显示了她的坚贞诚挚、隐忍克制的品格。全诗言简义丰,隽永深厚,耐人寻味。

古怨别

飒飒秋风生，愁人怨离别。

含情两相向，欲语气先咽。

心曲千万端，悲来却难说。

别后唯所思，天涯共明月。

【赏析一】

历史的车轮碾过六百多个春秋，一个庞大的帝国屹立在世界的东方，它就是唐王朝。它以博大的胸襟接纳了外来的文化，以开明的政治造福苍生，以繁荣的经济滋润华夏，这也给文学艺术培育了一片沃土，尤其是诗歌领域，可谓百花齐放，各有特色的诗人亮丽登场，共同奏响了诗国的最强音。不必说潇洒倜傥、伴酒歌月的诗仙李白，拈须吟唱、沉郁顿挫的诗圣杜甫，也不必说徜徉青山、流连绿水的山水诗人王维、孟浩然，挥剑边陲、金戈铁马的边塞诗人高适、岑参，……单是苦吟低唱的孟夫子的一首《古怨别》，岁月虽越千年，而今犹觉新鲜！

这是一首描写情人离愁的诗作。

人有七情，但要把七情之一的哀愁写生动具体，却非易事。李煜从万人之上跌到阶下囚，见长江滚滚流水捕捉到了"愁"：问君能有几多愁，恰似一江春水向东流！李白豪放中愁情万种：抽刀断水水更流，举杯消愁愁更愁。都是千古名句。殊不知真正的写愁高手与愁为生的却要数中唐时的孟郊。且看他的《古离别》："春芳役双眼，春色柔四肢；杨柳织别愁，千条万条丝"。春光明媚。乱花渐欲迷人眼，本是良辰美景，但在诗人的眼中却是"奈何天"的苦情，觉得这简直是双眼在服苦役！春色动人，春风又绿江南岸，该是漫卷诗书喜欲狂的季节，但在诗人眼里却是春色如愁酒，醉软了离人的四肢！那折赠别的柳枝啊，也似乎依依不舍，变作了网络别愁的丝缕，叫离人怎能钻得出去！诗人借景抒情，把个"愁"写得何等具体！而这首《古怨别》写得是秋日的离愁,其愁当然就更加凄楚。

"飒飒秋风生,愁人怨离别。"怨离别的愁情是什么样子?它就像那飒飒而起的秋风,越刮越大,无休无止。把极抽象的"离愁"写得听得见、摸得着了。接下来写一对情人的表情:含情两相向,欲语气先咽。自古多情伤离别,天下没有不散的筵席,人有悲欢离合,但在诗人的眼中,一样分别两样情,仅就唐诗,写分别的不计其数,名篇荟萃,佳句迭出,李白有"桃花潭水深千尺,不及汪伦送我情。""孤帆远影碧空尽,唯见长江天际流",王维有"劝君更尽一杯酒,西出阳关无故人",王勃有"海内存知己,天涯若比邻",高适有"莫愁前路无知己,天下谁人不识君"……

感情的真挚热烈,气势的豪迈雄浑着实叫人激动,可惜我们没有对孟郊给我们描写的这对有情人的分别引起足够的重视,倒只记得李商隐的"相见时难别亦难,东风无力百花残"了。"相向"就是脸对着脸,眼看着眼,从"含情"二字里,叫人想象到离情难舍,心痛万分的情景,想象到汪汪热泪对着汪汪热泪的情景,想对心爱的人说些什么,但欲说还休,心已憔悴,只有抽抽咽咽伴秋风,还能说出什么来呢!诗人极力写人物内心世界,实在是生动传神之笔,宋代的柳永,得到启发。把它点化进自己的词里:执手相看泪眼,竟无语凝咽。抽抽咽咽固然说不出来,到抽咽稍定,却反而觉得没话可说了:"心曲千万端,悲来却难说。"说离别?离别就在眼前,说再见?再见也许很遥远!一切的一切,都写在双方的脸上,都挂在双方的眼中。就这样默默地,默默地离去,诗人有一首《古离别》:"欲别牵郎衣,郎今到何处?不恨归来迟,莫向临邛去!"汉司马相如客游临邛,与卓文君告别,那诗虽写出了女主人公的"心曲",希望爱人不要见异思迁,但感情却显得浅露多了。而这里的一对离人,虽然谁都没说什么,但"未说一言,胜过千言",却更显得他们爱情的真挚和深沉。最后是别后的遐想:"别后惟所思,天涯共明月。"从这开阔的画面里,使人看到了他们在月光之下思念对方的情景,也使人想象到"但愿人长久,千里共婵娟"的相互祝愿。

掩卷思索,孟郊生活贫困,"瘦坐形欲折,腹饥心将崩",又受到世俗之见的灼伤:"去壮暂如箭,来衰纷似织。触绪无新心,从悲有余意"。可见其惨状与痛心,是诗歌给了他安慰,抚平他的创伤,诗人给我们在这里展示的真情的天空,也是他的理想世界吧!但愿有这一天,让九泉之下的孟郊潇洒走一回!

【赏析二】

这是一首描写情人离愁别绪的诗歌。

这首诗写的是秋日的离愁:"飒飒秋风生,愁人怨离别。"交代离别时的节令,并用"飒飒秋风"渲染离愁别绪。接下去是写一对离人的表情:"含情两相向,欲语气先咽。"相向,就是脸对着脸、眼对着眼;从"含情"二字里,使人想象到依依不舍的情景,想象到泪眼汪汪对着汪汪泪眼的情景;想对爱人说些什么,早已哽哽咽咽,什么都说不出来。因为这两句写得极为生动传情,宋代柳永,便把它点化到自己的词中,写出了"执手相看泪眼,竟无语凝咽"(《雨霖铃》)的名句。抽抽咽咽固然说不出话来,但抽咽稍定,到能够说话时,却反而觉得无话可说了:"心曲千万端,悲来却难说。"不是吗?原先对"离人"或稍有不放心,想嘱咐几句什么话,或表白一下自己的心迹,但看到对方那痛楚难堪的表情,还有什么可说的呢?"却难说"三字,准确地写出了双方当时的一种心境。这一对离人,虽然谁都没说什么,但"未说一言,胜过千言",更表现了他们深挚的爱情和相互信赖。最后勾画出一幅开阔的画面,写出了他们对别后情景的遐想:"别后唯所思,天涯共明月。"透过这幅开阔的画面,仿佛使人看到了他们在月夜中思念对方的情状,使人想象到"但愿人长久,千里共婵娟"的相互祝愿。

总体来看,诗人用秋风渲染离别的气氛;写"含情"之难舍,用"气先咽"来描摹;写"心曲"之复杂,用"却难说"来概括;写别后之深情,用"共明月"的画面来遐想两人"唯所思"的情状。诗人换用几种不同的表现手法,把抽象的感情写得很具体而动人。特别是"悲来却难说"一句,原是极抽象的叙述语,但由于诗人将其放置在恰当的语言环境里,使人不仅不感到抽象,而且觉得连女主人公复杂的心理活动都表现出来了。这正是作者"用常得奇"所收到的艺术效果。

登科后

昔日龌龊不足夸,今朝放荡思无涯。
春风得意马蹄疾,一日看尽长安花。

【赏析】

这首诗因为给后人留下了"春风得意"与"走马看花"两个成语而更为人们熟知。

孟郊四十六岁那年进士及第,他满以为从此可以别开生面,风云际会,龙腾虎跃一番了。于是按捺不住得意欣喜之情,写下了这首别具一格的小诗。诗一开篇就直抒胸臆,说以往在生活上的困顿与思想上的局促不安再不值得一提了,今朝金榜题名,郁结的闷气已如风吹云散,心上真有说不尽的畅快。孟郊两次落第,这次竟然高中鹄得,颇出意料。这就如同一下子从苦海中被超度出来,登上了快乐的峰巅;眼前天宇高远,大道空阔,似乎只待他四蹄生风了。"春风得意马蹄疾,一日看尽长安花",活灵活现地描状出诗人神采飞扬的得意之态,淋漓尽致地抒发了他心花怒放的得意之情。这两句神妙之处,在于情与景会,意到笔到,将诗人策马奔驰于春花烂漫的长安道上的得意情景,描绘得生动鲜明。按唐制,进士考试在秋季举行,发榜则在下一年春天。这时候的长安,正春风轻拂,春花盛开。城东南的曲江、杏园一带春意更浓,新进士在这里宴集同年,"公卿家倾城纵观于此"。新进士们"满怀春色向人动,遮路乱花迎马红"。可知诗中所写春风骀荡、马上看花是实际情形。但诗人并不流连于客观的景物描写,而是突出了主观感觉上的"放荡":情不自禁吐出"得意"二字",还要"一日看尽长安花"。在车马拥挤、游人争观的长安道上,哪容得他策马疾驰呢?偌大一个长安,无数春花,"一日"又怎能"看尽"呢?然而诗人尽可自以为今日的马蹄格外轻疾,也尽可以不妨说一日之间已把长安花看尽。虽无理却有情,因为写出了真情实感,也就不觉得其荒唐了。同时诗句还具有象征意味:"春风",既是自然界的春风,也是皇恩的象征。所谓"得意",既指心情上称心如意,也指进士及第之事。这两句由于内涵丰富、明朗畅达而又别有情韵,故而成为后人争相吟诵的名句。

洛桥晚望

天津桥下冰初结,洛阳陌上人行绝。
榆柳萧疏楼阁闲,月明直见嵩山雪。

【赏析】

前人有云孟诗开端最奇,而此诗却是奇在结尾。它通过前后映衬,造成气势,最后以警语结束全篇,具有画龙点睛之妙。

题名《洛桥晚望》,突出了一个"望"字。四句诗,都写眼中所见,然而前三句的境界与末句的境界迥然不同。前三句描摹了初冬时节的凄清气氛:桥下冰初结,路上行人绝,叶落枝秃的榆柳掩映着静谧的楼台亭阁,万籁俱寂,悄无人声。就在这时,诗人诗笔陡转:"月明直见嵩山雪",笔力遒劲,气象壮阔,将视线一下延伸到遥远的嵩山,给沉寂的画面增添了无限的生机,在人们面前展示了雄阔的景象,至此,人们才恍然大悟,诗人写冰初结,乃是为积雪作张本;写行人绝,乃是为气氛作铺陈;写榆柳萧疏,乃是为远望创造条件。同时,从初结之"冰",到绝人之"陌",再到萧疏之"榆柳"、娴静之"楼阁",场景不断变换,而每一变换之场景,都与末句的望山接近一步。这样由近到远,视线逐步开阔,他忽然发现在明净的月光下,一眼看到了嵩山上那皑皑的白雪,感受到极度的快意和美感。而"月明"一句,不仅增添了整个画面的亮度,使得如水的月光和白雪的反射相互辉映,而且巧妙地加一"直见",硬语盘空,使人精神为之一振。

这首诗写出了"明月照积雪"的壮观景象。天空与山峦,月华与雪光,交相映衬,抬首灿然夺目,远望浮光闪烁,上下通明,一片银白,真是美轮美奂。在这冰清玉洁的境界中,其实寄寓着诗人高远的襟怀。

游终南山

南山塞天地,日月石上生。
高峰夜留景,深谷昼未明。
山中人自正,路险心亦平。
长风驱松柏,声拂万壑清。
到此悔读书,朝朝近浮名。

【赏析】

韩愈在《荐士》诗里说孟郊的诗"横空盘硬语,妥帖为排奡"。"硬语"的"硬",指字句的坚挺有力。这首《游终南山》,在体现这一特点方面很有代表性。沈德潜评此诗"盘空出险语",又说它与《出峡》诗"上天下天水,出地入地舟""同一奇险",也是就这一特点而言的。

欣赏这首诗,必须紧扣诗题《游终南山》,切莫忘记那个"游"字。就实际情况而言,终南尽管高大,但远远没有塞满天地。"南山塞天地",的确是硬语盘空,险语惊人。这是作者写他"游"终南山的感受。身在深山,仰视,则山与天连;环顾,则视线为千岩万壑所遮,根本看不到山外的空间。用"南山塞天地"概括这种独特的感受,虽"险"而不"怪",虽"夸"而非"诞",简直可以说是"妥帖"得不能再妥帖了。日和月,当然不是"石上生"的,更不是同时从"石上生"的。"日月石上生"一句,的确"硬"得出奇,"险"得惊人。然而这也是作者写他"游"终南山的感受。日月并提,不是说日月并"生";而是说作者来到终南,既见日升,又见月出,已经度过了几个昼夜。终南之大,作者游兴之浓,也于此委婉传出。身在终南深处,朝望日、夕望月,都从南山高处初露半轮,然后冉冉升起,这不就像从石上"生"出来一样吗?张九龄的"海上生明月",王湾的"海日生残夜",杜甫的"四更山吐月",都与此异曲同工。孤立地看,"日月石上生"似乎"夸过其理",但和作者"游"终南山的具体情景、具体感受联系起来,就觉得它虽"险"而不"怪",虽"夸"而非"诞"。当然,"险""硬"的风格,使它不可能有"四更山吐月""海上生明月"那样的情韵。

"高峰夜留景，深谷昼未明"两句的风格仍然属"奇险"一路。在同一地方，"夜"与"景"（日光）互不相容；作者硬把它们安排在一起，怎能不给人以"奇"的感觉？但细玩诗意，"高峰夜留景"，不过是说在其他地方已经被夜幕笼罩之后，终南的高峰还留有落日的余晖。极言其高，又没有违背真实。从《诗经·大雅·崧高》"崧高维岳，骏极于天"以来，人们习惯于用"插遥天""出云表"之类的说法来表现山峰之高耸。孟郊却避熟就生，抓取富有特征性的景物加以夸张，就在"言峻则崧高极天"之外另辟蹊径，显得很新颖。在同一地方，"昼"与"未明"（夜）无法同时存在，作者硬是把二者捏在一起，自然给人以"险"的感觉。但玩其本意，"深谷昼未明"，不过是说在其他地方已经洒满阳光的时候，终南的深谷里依然一片幽暗。极言其深，很富有真实感。"险"的风格，还从上下两句的夸张对比中表现出来。同一终南山，其高峰高到"夜留景"，其深谷深到"昼未明"。一高一深，悬殊若此，似乎"夸过其理"。然而这不过是借一高一深表现千岩万壑的千形万态，于以见终南山高深广远，无所不包。实际上"奇而入理""奇而实确"。

"长风驱松柏""驱"字下得"险"。然而山高则风长，长风过处，千柏万松，枝枝叶叶，都向一边倾斜，这只有那个"驱"字才能表现得形神毕肖。"声"既无形又无色，谁能看见它在"拂"？"声拂万壑清""拂"字下得"险"。然而那"声"来自"长风驱松柏"，长风过处，千柏万松，枝枝叶叶都在飘拂，也都在发声。说"声拂万壑清"，就把视觉形象和听觉形象统一起来了，使读者于看见万顷松涛之际，又听见万壑清风。

前面八句诗以写景为主，给人的感受是：终南自成天地，清幽宜人。插在其中的两句，以抒情为主。"山中人自正"里的"中"是"正"的同义语。山"中"而不偏，山中人"正"而不邪；因山及人，抒发了赞颂之情。"路险心亦平"中的"险"是"平"的反义词。山中人既然正而不邪，那么，山路再"险"，心还是"平"的。以"路险"作反衬，突出地歌颂了山中人的心地平坦。

硬语盘空，险语惊人，也还有言外之意耐人寻味。诗人赞美终南的万壑清风，就意味着厌恶长安的十丈红尘；赞美山中的人正心平，就意味着厌恶山外的人邪心险。以"即此悔读书，朝朝近浮名"收束全诗，这种言外之意就表现得格外明显了。

中
国
古
典
名
著
精
华

卷二 泛读篇目

灞上轻薄行

长安无缓步,况值天景暮。
相逢灞浐间,亲戚不相顾。
自叹方拙身,忽随轻薄伦。
常恐失所避,化为车辙尘。
此中生白发,疾走亦未歇。

长安羁旅行

十日一理发,每梳飞旅尘。
三旬九过饮,每食唯旧贫。
万物皆及时,独余不觉春。
失名谁肯访,得意争相亲。
直木有恬翼,静流无躁鳞。
始知喧竞场,莫处君子身。
野策藤竹轻,山蔬薇蕨新。
潜歌归去来,事外风景真。

长安道

胡风激秦树，贱子风中泣。
家家朱门开，得见不可入。
长安十二衢，投树鸟亦急。
高阁何人家，笙簧正喧吸。

送远吟

河水昏复晨，河边相送频。
离杯有泪饮，别柳无枝春。
一笑忽然敛，万愁俄已新。
东波与西日，不惜远行人。

古薄命妾

不惜十指弦，为君千万弹。
常恐新声至，坐使故声残。
弃置今日悲，即是昨日欢。
将新变故易，持故为新难。
青山有蘼芜，泪叶长不干。
空令后代人，采掇幽思攒。

中国古典名著精华

古离别

松山云缭绕，萍路水分离。

云去有归日，水分无合时。

春芳役双眼，春色柔四支。

杨柳织别愁，千条万条丝。

杂 怨

忆人莫至悲，至悲空自衰。

寄人莫剪衣，剪衣未必归。

朝为双蒂花，莫为四散飞。

花落还绕树，游子不顾期。

夭桃花清晨，游女红粉新。

夭桃花薄暮，游女红粉故。

树有百年花，人无一定颜。

花送人老尽，人悲花自闲。

贫女镜不明，寒花日少容。

暗蛩有虚织，短线无长缝。

浪水不可照，狂夫不可从。

浪水多散影，狂夫多异踪。

持此一生薄，空成万恨浓。

静女吟

艳女皆妒色,静女独检踪。
任礼耻任妆,嫁德不嫁容。
君子易求聘,小人难自从。
此志谁与谅,琴弦幽韵重。

归信吟

泪墨洒为书,将寄万里亲。
书去魂亦去,兀然空一身。

山老吟

不行山下地,唯种山上田。
腰斧斫旅松,手瓢汲家泉。
讵知文字力,莫记日月迁。
蟠木为我身,始得全天年。

小隐吟

我饮不在醉,我欢长寂然。
酌溪四五盏,听弹两三弦。
炼性静栖白,洗情深寄玄。
号怒路傍子,贪败不贪全。

苦寒吟

天寒色青苍,北风叫枯桑。
厚冰无裂文,短日有冷光。
敲石不得火,壮阴夺正阳。
苦调竟何言,冻吟成此章。

伤哉行

众毒蔓贞松,一枝难久荣。
岂知黄庭客,仙骨生不成。
春色舍芳蕙,秋风绕枯茎。
弹琴不成曲,始觉知音倾。
馆月改旧照,吊宾写馀情。
还舟空江上,波浪送铭旌。

湘弦怨

昧者理芳草，蒿兰同一锄。

狂飙怒秋林，曲直同一枯。

嘉木忌深蠹，哲人悲巧诬。

灵均入回流，靳尚为良谟。

我愿分众泉，清浊各异渠。

我愿分众巢，枭鸾相远居。

此志谅难保，此情竟何如。

湘弦少知音，孤响空踟蹰。

楚竹吟酬卢虔端公见和湘弦怨

握中有新声，楚竹人未闻。

识音者谓谁，清夜吹赠君。

昔为潇湘引，曾动潇湘云。

一叫凤改听，再惊鹤失群。

江花匪秋落，山日当昼曛。

众浊响杂沓，孤清思氛氲。

欲知怨有形，愿向明月分。

一掬灵均泪，千年湘水文。

远愁曲

飘飘何所从，遗冢行未逢。

东西不见人，哭向青青松。

此地有时尽，此哀无处容。

声翻太白云，泪洗蓝田峰。

水涉七八曲，山登千万重。

愿邀玄夜月，出视白日踪。

贫女词寄从叔先辈简

蚕女非不勤，今年独无春。

二月冰雪深，死尽万木身。

时令自逆行，造化岂不仁。

仰企碧霞仙，高控沧海云。

永别劳苦场，飘飘游无垠。

边城吟

西城近日天，俗禀气候偏。

行子独自渴，主人仍卖泉。

烧烽碧云外，牧马青坡巅。

何处鹃突梦，归思寄仰眠。

新平歌送许问

边柳三四尺,暮春离别歌。
早回儒士驾,莫饮土番河。
谁识匣中宝,楚云章句多。

杀气不在边

杀气不在边,凛然中国秋。
道险不在山,平地有摧轷。
河南又起兵,清浊俱锁流。
岂唯私客艰,拥滞官行舟。
况余隔晨昏,去家成阻修。
忽然两鬓雪,同是一日愁。
独寝夜难晓,起视星汉浮。
凉风荡天地,日夕声飕飗。
万物无少色,兆人皆老忧。
长策苟未立,丈夫诚可羞。
灵响复何事,剑鸣思戮雠。

弦歌行

驱傩击鼓吹长笛，瘦鬼染面惟齿白。
暗中卒卒拽茅鞭，倮足朱裈行戚戚。
相顾笑声冲庭燎，桃弧射矢时独叫。

覆巢行

荒城古木枝多枯，飞禽嗷嗷朝哺雏。
枝倾巢覆雏坠地，乌鸢下啄更相呼。
阳和发生均孕育，鸟兽有情知不足。
枝危巢小风雨多，未容长成已先覆。
灵枝珍木满上林，凤巢阿阁重且深。
尔今所托非本地，乌鸢何得同尔心。

幽门行

长河悠悠去无极，百龄同此可叹息。
秋风白露沾人衣，壮心凋落夺颜色。
少年出门将诉谁，川无梁兮路无岐。
一闻陌上苦寒奏，使我伫立惊且悲。
君今得意厌梁肉，岂复念我贫贱时。
海风萧萧天雨霜，穷愁独坐夜何长。
驱车旧忆太行险，始知游子悲故乡。
美人相思隔天阙，长望云端不可越。

手持琅玕欲有赠,爱而不见心断绝。

南山峨峨白石烂,碧海之波浩漫漫。

参辰出没不相待,我欲横天无羽翰。

湘妃怨

南巡竟不返,二妃怨逾积。

万里丧蛾眉,潇湘水空碧。

冥冥荒山下,古庙收贞魄。

乔木深青春,清光满瑶席。

搴芳徒有荐,灵意殊脉脉。

玉珮不可亲,徘徊烟波夕。

巫山高

见尽数万里,不闻三声猿。

但飞萧萧雨,中有亭亭魂。

千载楚王恨,遗文宋玉言。

至今晴明天,云结深闺门。

楚怨

秋入楚江水,独照汨罗魂。

手把绿荷泣,意愁珠泪翻。

九门不可入,一犬吠千门。

塘下行

塘边日欲斜,年少早还家。
徒将白羽扇,调妾木兰花。
不是城头树,那栖来去鸦。

临池曲

池中春蒲叶如带,紫菱成角莲子大。
罗裙蝉鬓倚迎风,双双伯劳飞向东。

车遥遥

路喜到江尽,江上又通舟。
舟车两无阻,何处不得游。
丈夫四方志,女子安可留。
郎自别日言,无令生远愁。
旅雁忽叫月,断猿寒啼秋。
此夕梦君梦,君在百城楼。
寄泪无因波,寄恨无因辀。
愿为驭者手,与郎回马头。

征妇怨

良人昨日去，明月又不圆。
别时各有泪，零落青楼前。
君泪濡罗巾，妾泪满路尘。
罗巾长在手，今得随妾身。
路尘如得风，得上君车轮。
渔阳千里道，近如中门限。
中门逾有时，渔阳长在眼。
生在绿罗下，不识渔阳道。
良人自戍来，夜夜梦中到。

空城雀

一雀入官仓，所食宁损几。
只虑往覆频，官仓终害尔。
鱼网不在天，鸟罗不张水。
饮啄要自然，可以空城里。

闲　怨

妾恨比斑竹，下盘烦冤根。
有笋未出土，中已含泪痕。

羽林行

朔雪寒断指,朔风劲裂冰。
胡中射雕者,此日犹不能。
翩翩羽林儿,锦臂飞苍鹰。
挥鞭快白马,走出黄河凌。

古　意

河边织女星,河畔牵牛郎。
未得渡清浅,相对遥相望。

游侠行

壮士性刚决,火中见石裂。
杀人不回头,轻生如暂别。
岂知眼有泪,肯白头上发。
半生无恩酬,剑闲一百月。

黄雀吟

黄雀舞承尘,倚恃主人仁。
主人忽不仁,买弹弹尔身。

何不远飞去,蓬蒿正繁新。

蒿粒无人争,食之足为珍。

莫觑翻车粟,觑翻罪有因。

黄雀不知言,赠之徒殷勤。

有所思

桔槔烽火昼不灭,客路迢迢信难越。

古镇刀攒万片霜,寒江浪起千堆雪。

此时西去定如何,空使南心远凄切。

求仙曲

仙教生为门,仙宗静为根。

持心若妄求,服食安足论。

铲惑有灵药,饵真成本源。

自当出尘网,驭凤登昆仑。

婵娟篇

花婵娟,泛春泉。

竹婵娟,笼晓烟。

妓婵娟,不长妍。

月婵娟,真可怜。

夜半姮娥朝太一。

人间本自无灵匹。

汉宫承宠不多时。

飞燕婕好相妒嫉。

南浦篇

南浦桃花亚水红,水边柳絮由春风。

鸟鸣喈喈烟濛濛,自从远送对悲翁。

此翁已与少年别,唯忆深山深谷中。

清东曲

樱桃花参差,香雨红霏霏。

含笑竞攀折,美人湿罗衣。

采采清东曲,明眸艳珪玉。

青巾艑上郎,上下看不足。

南阳公首词,编入新乐录。

望远曲

朝朝候归信,日日登高台。

行人未去植庭梅,别来三见庭花开。

庭花开尽复几时,春光骀荡阻佳期。

愁来望远烟尘隔,空怜绿鬓风吹白。

何当归见远行客。

织妇辞

夫是田中郎,妾是田中女。

当年嫁得君,为君秉机杼。

筋力日已疲,不息窗下机。

如何织纨素,自著蓝缕衣。

官家榜村路,更索栽桑树。

古　意

荡子守边戍,佳人莫相从。

去来年月多,苦愁改形容。

上山复下山,踏草成古踪。

徒言采蘼芜,十度一不逢。

鉴独是明月,识志唯寒松。

井桃始开花,一见悲万重。

人颜不再春,桃色有再浓。

捐气入空房,无寥乍从容。

启贴理针线,非独学裁缝。

手持未染彩,绣为白芙蓉。

芙蓉无染污,将以表心素。

欲寄未归人,当春无信去。

无信反增愁,愁心缘陇头。

愿君如陇水,冰镜水还流。

宛宛青丝线,纤纤白玉钩。

玉钩不亏缺,青丝无断绝。

回还胜双手,解尽心中结。

折杨柳

杨柳多短枝,短枝多别离。

赠远屡攀折,柔条安得垂。

青春有定节,离别无定时。

但恐人别促,不怨来迟迟。

莫言短枝条,中有长相思。

朱颜与绿杨,并在别离期。

楼上春风过,风前杨柳歌。

枝疏缘别苦,曲怨为年多。

花惊燕地云,叶映楚池波。

谁堪别离此,征戍在交河。

和丁助教塞上吟

哭雪复吟雪,广文丁夫子。

江南万里寒,曾未及如此。

整顿气候谁,言从生灵始。

无令恻隐者,哀哀不能已。

古别曲

山川古今路，纵横无断绝。

来往天地间，人皆有离别。

行衣未束带，中肠已先结。

不用看镜中，自知生白发。

欲陈去留意，声向言前咽。

愁结填心胸，茫茫若为说。

荒郊烟莽苍，旷野风凄切。

处处得相随，人那不如月。

戏赠陆大夫十二丈

莲子不可得，荷花生水中。

犹胜道傍柳，无事荡春风。

渌萍与荷叶，同此一水中。

风吹荷叶在，渌萍西复东。

莲叶未开时，苦心终日卷。

春水徒荡漾，荷花未开展。

劝善吟

瘦郭有志气，相衰老龙钟。

劝我少吟诗，俗窄难尔容。

一口百味别，况在醉会中。

四座正当喧，片言何由通。

顾余昧时调，居止多疏慵。

见书眼始开，闻乐耳不聪。

视听互相隔，一身且莫同。

天疾难自医，诗癖将何攻。

见君如见书，语善千万重。

自悲咄咄感，变作烦恼翁。

烦恼不可欺，古剑涩亦雄。

知君方少年，少年怀古风。

藏书挂屋脊，不惜与凡聋。

我愿拜少年，师之学崇崇。

从他笑为矫，矫善亦可宗。

望夫石

望夫石，夫不来兮江水碧。

行人悠悠朝与暮，千年万年色如故。

寒江吟

冬至日光白，始知阴气凝。

寒江波浪冻，千里无平冰。

飞鸟绝高羽，行人皆晏兴。

荻洲素浩渺，碕岸渐峻礠。

烟舟忽自阻，风帆不相乘。

何况异形体，信任为股肱。

涉江莫涉凌，得意须得朋。

孟郊诗集

结交非贤良,谁免生爱憎。
冻水有再浪,失飞有载腾。
一言纵丑词,万响无善应。
取鉴谅不远,江水千万层。
何当春风吹,利涉吾道弘。

审 交

种树须择地,恶土变木根。
结交若失人,中道生谤言。
君子芳桂性,春荣冬更繁。
小人槿花心,朝在夕不存。
莫蹑冬冰坚,中有潜浪翻。
唯当金石交,可以贤达论。

怨 别

一别一回老,志士白发早。
在富易为容,居贫难自好。
沉忧损性灵,服药亦枯槁。
秋风游子衣,落日行远道。
君问去何之,贱身难自保。

百　忧

萱草女儿花，不解壮士忧。
壮士心是剑，为君射斗牛。
朝思除国雠，暮思除国雠。
计尽山河画，意穷草木筹。
智士日千虑，愚夫唯四愁。
何必在波涛，然后惊沉浮。
伯伦心不醉，四皓迹难留。
出处各有时，众议徒啾啾。

路　病

病客无主人，艰哉求卧难。
飞光赤道路，内火焦肺肝。
欲饮井泉竭，欲医囊用单。
稚颜能几日，壮志忽已残。
人子不言苦，归书但云安。
愁环在我肠，宛转终无端。

衰　松

近世交道衰，青松落颜色。
人心忌孤直，木性随改易。
既摧栖日干，未展擎天力。
终是君子材，还思君子识。

遣　兴

弦贞五条音，松直百尺心。
贞弦含古风，直松凌高岑。
浮声与狂葩，胡为欲相侵。

退　居

退身何所食，败力不能闲。
种稻耕白水，负薪斫青山。
众听喜巴唱，独醒愁楚颜。
日暮静归时，幽幽扣松关。

卧　病

贫病诚可羞，故床无新裘。
春色烧肌肤，时餐苦咽喉。
倦寝意蒙昧，强言声幽柔。
承颜自俯仰，有泪不敢流。
默默寸心中，朝愁续莫愁。

隐　士

本末一相返，漂浮不还真。
山野多馁士，市井无饥人。
虎豹忌当道，麋鹿知藏身。
奈何贪竞者，日与患害亲。
颜貌岁岁改，利心朝朝新。
孰知富生祸，取富不取贫。
宝玉忌出璞，出璞先为尘。
松柏忌出山，出山先为薪。
君子隐石壁，道书为我邻。
寝兴思其义，澹泊味始真。
陶公自放归，尚平去有依。
草木择地生，禽鸟顺性飞。
青青与冥冥，所保各不违。

独　愁

前日远别离，昨日生白发。
欲知万里情，晓卧半床月。
常恐百虫鸣，使我芳草歇。

春日有感

雨滴草芽出，一日长一日。
风吹柳线垂，一枝连一枝。
独有愁人颜，经春如等闲。
且持酒满杯，狂歌狂笑来。

将见故人

故人季夏中，及此百馀日。
无日不相思，明镜改形色。
宁知仲冬时，忽有相逢期。
振衣起踯躅，赪鲤跃天池。

伤 时

常闻贫贱士之常，嗟尔富者莫相笑。
男儿得路即荣名，邂逅失途成不调。
古人结交而重义，今人结交而重利。
劝人一种种桃李，种亦直须遍天地。
一生不爱嘱人事，嘱即直须为生死。
我亦不羡季伦富，我亦不笑原宪贫。
有财有势即相识，无财无势同路人。
因知世事皆如此，却向东溪卧白云。

寓 言

谁言碧山曲，不废青松直。
谁言浊水泥，不污明月色。
我有松月心，俗骋风霜力。
贞明既如此，摧折安可得。

偶 作

利剑不可近，美人不可亲。
利剑近伤手，美人近伤身。
道险不在广，十步能摧轮。
情爱不在多，一夕能伤神。

劝　学

击石乃有火，不击元无烟。

人学始知道，不学非自然。

万事须己运，他得非我贤。

青春须早为，岂能长少年。

赠农人

劝尔勤耕田，盈尔仓中粟。

劝尔伐桑株，减尔身上服。

清霜一委地，万草色不绿。

狂飙一入林，万叶不著木。

青春如不耕，何以自结束。

长安早春

旭日朱楼光，东风不惊尘。

公子醉未起，美人争探春。

探春不为桑，探春不为麦。

日日出西园，只望花柳色。

乃知田家春，不入五侯宅。

罪　松

虽为青松姿，霜风何所宜。
二月天下树，绿于青松枝。
勿谓贤者喻，勿谓愚者规。
伊吕代封爵，夷齐终身饥。
彼曲既在斯，我正实在兹。
泾流合渭流，清浊各自持。
天令设四时，荣衰有常期。
荣合随时荣，衰合随时衰。
天令既不从，甚不敬天时。
松乃不臣木，青青独何为。

感　兴

拔心草不死，去根柳亦荣。
独有失意人，恍然无力行。
昔为连理枝，今为断弦声。
连理时所重，断弦今所轻。
吾欲进孤舟，三峡水不平。
吾欲载车马，太行路峥嵘。
万物根一气，如何互相倾。

感　怀

秋气悲万物，惊风振长道。

登高有所思，寒雨伤百草。

平生有亲爱，零落不相保。

五情今已伤，安得自能老。

晨登洛阳坂，目极天茫茫。

群物归大化，六龙颓西荒。

豺狼日已多，草木日已霜。

饥年无遗粟，众鸟去空场。

路傍谁家子，白首离故乡。

含酸望松柏，仰面诉穹苍。

去去勿复道，苦饥形貌伤。

徘徊不能寐，耿耿含酸辛。

中夜登高楼，忆我旧星辰。

四时互迁移，万物何时春。

唯忆首阳路，永谢当时人。

长安佳丽地，宫月生蛾眉。

阴气凝万里，坐看芳草衰。

玉堂有玄鸟，亦以从此辞。

伤哉志士叹，故国多迟迟。

深宫岂无乐，扰扰复何为。

朝见名与利，莫还生是非。

姜牙佐周武，世业永巍巍。

举才天道亲，首阳谁采薇。

去去荒泽远，落日当西归。

羲和驻其轮，四海借馀晖。

极目何萧索,惊风正离披。

鸱鸮鸣高树,众鸟相因依。

东方有一士,岁暮常苦饥。

主人数相问,脉脉今何为。

贫贱亦有乐,且愿掩柴扉。

火云流素月,三五何明明。

光曜侵白日,贤愚迷至精。

四时更变化,天道有亏盈。

常恐今已没,须臾还复生。

河梁暮相遇,草草不复言。

汉家正离乱,王粲别荆蛮。

野泽何萧条,悲风振空山。

举头是星辰,念我何时还。

亲爱久别散,形神各离迁。

未为生死诀,长在心目间。

有鸟东西来,哀鸣过我前。

愿飞浮云外,饮啄见青天。

达　士

四时如逝水,百川皆东波。

青春去不还,白发镊更多。

达人识元化,变愁为高歌。

倾产取一醉,富者奈贫何。

君看土中宅,富贵无偏颇。

暮秋感思

西风吹垂杨,条条脆如藕。
上有噪日蝉,催人成皓首。
亦恐旅步难,何独朱颜丑。
欲慰一时心,莫如千日酒。
优哉遵渚鸿,自得养身旨。
不啄太仓粟,不饮方塘水。
振羽戛浮云,置罗任徒尔。

古　兴

楚血未干衣,荆虹尚埋辉。
痛玉不痛身,抱璞求所归。

劝　友

至白涅不缁,至交淡不疑。
人生静躁殊,莫厌相箴规。
胶漆武可接,金兰文可思。
堪嗟无心人,不如松柏枝。

夷门雪赠主人

夷门贫士空吟雪，夷门豪士皆饮酒。
酒声欢闲入雪销，雪声激切悲枯朽。
悲欢不同归去来，万里春风动江柳。

尧 歌

尔室何不安，尔孝无与齐。
一言应对姑，一度为出妻。
往辙才晚钟，还辙及晨鸡。
往还迹徒新，很戾竟独迷。
娥女无礼数，污家如粪泥。
父母吞声哭，禽鸟亦为啼。
如何天与恶，不得和鸣栖。
山色挽心肝，将归尽日看。
村肩篮舆子，野坐白发官。
莺弄方短短，花明碎攒攒。
琉璃堆可掬，琴瑟饶多欢。
翠韵仙窈窕，岚漪出无端。
养馆洞庭秋，响答虚吹弹。

乱　离

天下无义剑,中原多疮痍。
哀哀陆大夫,正直神反欺。
子路已成血,嵇康今尚嗤。
为君每一恸,如剑在四肢。
折羽不复飞,逝水不复归。
直松摧高柯,弱蔓将何依。
朝为春日欢,夕为秋日悲。
泪下无尺寸,纷纷天雨丝。
积怨成疾疹,积恨成狂痴。
怨草岂有边,恨水岂有涯。
怨恨驰我心,茫茫日何之。

劝　酒

白日无定影,清江无定波。
人无百年寿,百年复如何。
堂上陈美酒,堂下列清歌。
劝君金曲卮,勿谓朱颜酡。
松柏岁岁茂,丘陵日日多。
君看终南山,千古青峨峨。

去　妇

君心匣中镜，一破不复全。

妾心藕中丝，虽断犹牵连。

安知御轮士，今日翻回辕。

一女事一夫，安可再移天。

君听去鹤言，哀哀七丝弦。

君子勿郁郁士有谤毁者作诗以赠之

君子勿郁郁，听我青蝇歌。

人间少平地，森笋山岳多。

折辕不在道，覆舟不在河。

须知一尺水，日夜增高波。

叔孙毁仲尼，臧仓掩孟轲。

兰艾不同香，自然难为和。

良玉烧不热，直竹文不颇。

自古皆如此，其如道在何。

日往复不见，秋堂暮仍学。

玄发不知白，晓入寒铜觉。

为林未离树，有玉犹在璞。

谁把碧梧枝，刻作云门乐。

游　子

萱草生堂阶，游子行天涯。
慈亲倚堂门，不见萱草花。

自　叹

愁与发相形，一愁白数茎。
有发能几多，禁愁日日生。
古若不置兵，天下无战争。
古若不置名，道路无欹倾。
太行耸巍峨，是天产不平。
黄河奔浊浪，是天生不清。
四蹄日日多，双轮日日成。
二物不在天，安能免营营。

求　友

北风临大海，坚冰临河面。
下有大波澜，对之无由见。
求友须在良，得良终相善。
求友若非良，非良中道变。
欲知求友心，先把黄金炼。

投所知

苦心知苦节，不容一毛发。
炼金索坚贞，洗玉求明洁。
自惭所业微，功用如鸠拙。
何殊嫫母颜，对彼寒塘月。
君存古人心，道出古人辙。
尽美固可扬，片善亦不遏。
朝向公卿说，暮向公卿说。
谁谓黄钟管，化为君子舌。
一说清嶰竹，二说变嶰谷。
三说四说时，寒花拆寒木。
晔晔家道路，灿灿我衣服。
岂直辉友朋，亦用慰骨肉。
一暖荷匹素，一饱荷升粟。
而况大恩恩，此身报得足。
且将食檗劳，酬之作金刀。

病客吟

主人夜呻吟，皆入妻子心。
客子昼呻吟，徒为虫鸟音。
妻子手中病，愁思不复深。
僮仆手中病，忧危独难任。
丈夫久漂泊，神气自然沉。
况于滞疾中，何人免嘘叹。
大海亦有涯，高山亦有岑。
沉忧独无极，尘泪互盈襟。

感　怀

孟冬阴气交，两河正屯兵。
烟尘相驰突，烽火日夜惊。
太行险阻高，挽粟输连营。
奈何操弧者，不使枭巢倾。
犹闻汉北儿，怙乱谋纵横。
擅摇干戈柄，呼叫豺狼声。
白日临尔躯，胡为丧丹诚。
岂无感激士，以致天下平。
登高望寒原，黄云郁峥嵘。
坐驰悲风暮，叹息空沾缨。

离　思

不寐亦不语，片月秋稍举。
孤鸿忆霜群，独鹤叫云侣。
怨彼浮花心，飘飘无定所。
高张系缂帆，远过梅根渚。
回织别离字，机声有酸楚。

结　交

铸镜须青铜，青铜易磨拭。

结交远小人，小人难姑息。

铸镜图鉴微，结交图相依。

凡铜不可照，小人多是非。

伤　春

两河春草海水清，十年征战城郭腥。

乱兵杀儿将女去，二月三月花冥冥。

千里无人旋风起，莺啼燕语荒城里。

春色不拣墓傍株，红颜皓色逐春去。

春去春来那得知，今人看花古人墓。

令人惆怅山头路。

择　友

兽中有人性，形异遭人隔。

人中有兽心，几人能真识。

古人形似兽，皆有大圣德。

今人表似人，兽心安可测。

虽笑未必和，虽哭未必戚。

面结口头交，肚里生荆棘。

好人常直道，不顺世间逆。

恶人巧谄多,非义苟且得。
若是效真人,坚心如铁石。
不谄亦不欺,不奢复不溺。
面无吝色容,心无诈忧惕。
君子大道人,朝夕恒的的。

夜 忧

岂独科斗死,所嗟文字捐。
蒿蔓转骄弄,菱荇减婵娟。
未遂摆鳞志,空思吹浪旋。
何当再霖雨,洗濯生华鲜。

惜 苦

于鹄值谏议,以球不能官。
焦蒙值舍人,以杯不得完。
可惜大雅旨,意此小团栾。
名回不敢辨,心转实是难。
不惜为君转,转非君子观。
转之复转之,强转谁能欢。
哀哉虚转言,不可穷波澜。

出东门

饿马骨亦耸，独驱出东门。

少年一日程，衰叟十日奔。

寒景不我为，疾走落平原。

眇默荒草行，恐惧夜魄翻。

一生自组织，千首大雅言。

道路如抽蚕，宛转羁肠繁。

教坊歌儿

十岁小小儿，能歌得朝天。

六十孤老人，能诗独临川。

去年西京寺，众伶集讲筵。

能嘶竹枝词，供养绳床禅。

能诗不如歌，怅望三百篇。

访疾

冷气入疮痛，夜来痛如何。

疮从公怒生，岂以私恨多。

公怒亦非道，怒消乃天和。

古有焕辉句，嵇康闲婆娑。

请君吟啸之，正气庶不讹。

酒　德

酒是古明镜，辗开小人心。

醉见异举止，醉闻异声音。

酒功如此多，酒屈亦以深。

罪人免罪酒，如此可为箴。

冬　日

老人行人事，百一不及周。

冻马四蹄吃，陟卓难自收。

短景仄飞过，午光不上头。

少壮日与辉，衰老日与愁。

日愁疑在日，岁箭逊如雠。

万事有何味，一生虚自囚。

不知文字利，到死空遨游。

饥雪吟

饥乌夜相啄，疮声互悲鸣。

冰肠一直刀，天杀无曲情。

大雪压梧桐，折柴堕峥嵘。

安知鸾凤巢，不与枭鸱倾。

下有幸灾儿，拾遗多新争。

但求彼失所，但夸此经营。

君子亦拾遗，拾遗非拾名。
将补鸾凤巢，免与枭鸢并。
因为饥雪吟，至晓竟不平。

偷　诗

饿犬齰枯骨，自吃馋饥涎。
今文与古文，各各称可怜。
亦如婴儿食，饧桃口旋旋。
惟有一点味，岂见逃景延。
绳床独坐翁，默览有所传。
终当罢文字，别著逍遥篇。
从来文字净，君子不以贤。

晚雪吟

贫富喜雪晴，出门意皆饶。
镜海见纤悉，冰天步飘飖。
一一仙子行，家家尘声销。
小儿击玉指，大耋歌圣朝。
睿气流不尽，瑞仙何夐寥。
始知望幸色，终疑异礼招。
市井亦清洁，闾阎笄岂峣。
苍生愿东顾，翠华仍西遥。
天念岂薄厚，宸衷多忧焦。
忧焦致太平，以兹时比尧。
古耳有未通，新词有潜韶。

甘为酒伶摈，坐耻歌女娇。
选音不易言，裁正逢今朝。
今朝前古文，律异同一调。
愿于尧琯中，奏尽郁抑谣。

自 惜

倾尽眼中力，抄诗过与人。
自悲风雅老，恐被巴竹嗔。
零落雪文字，分明镜精神。
坐甘冰抱晚，永谢酒怀春。
徒有言言旧，惭无默默新。
始惊儒教误，渐与佛乘亲。

老 恨

无子抄文字，老吟多飘零。
有时吐向床，枕席不解听。
斗蚁甚微细，病闻亦清泠。
小大不自识，自然天性灵。

湖州取解述情

霅水徒清深，照影不照心。
白鹤未轻举，众鸟争浮沉。
因兹挂帆去，遂作归山吟。

落第

晓月难为光,愁人难为肠。
谁言春物荣,独见叶上霜。
雕鹗失势病,鹪鹩假翼翔。
弃置复弃置,情如刀剑伤。

咏怀

浊水心易倾,明波兴初发。
思逢海底人,乞取蚌中月。
此兴若未谐,此心终不歇。

病起言怀

强行寻溪水,洗却残病姿。
花景婉晚尽,麦风清泠吹。
交道贱来见,世情贫去知。
高闲思楚逸,澹泊厌齐儿。
终伴碧山侣,结言青桂枝。

秋夕贫居述怀

卧冷无远梦,听秋酸别情。
高枝低枝风,千叶万叶声。
浅井不供饮,瘦田长废耕。
今交非古交,贫语闻皆轻。

夜感自遣

夜学晓未休,苦吟神鬼愁。
如何不自闲,心与身为雠。
死辱片时痛,生辱长年羞。
清桂无直枝,碧江思旧游。

再下第

一夕九起嗟,梦短不到家。
两度长安陌,空将泪见花。

下第东归留别长安知己

共照日月影,独为愁思人。
岂知鹍鷃鸣,瑶草不得春。

一片两片云,千里万里身。

云归嵩之阳,身寄江之滨。

弃置复何道,楚情吟白蘋.

失意归吴因寄东合刘复侍御

自念西上身,忽随东归风。

长安日下影,又落江湖中。

离娄岂不明,子野岂不聪。

至宝非眼别,至音非耳通。

因缄俗外词,仰寄高天鸿。

下第东南行

越风东南清,楚日潇湘明。

试逐伯鸾去,还作灵均行。

江蓠伴我泣,海月投人惊。

失意容貌改,畏途性命轻。

时闻丧侣猿,一叫千愁并。

叹命

三十年来命,唯藏一卦中。

题诗还问易,问易蒙复蒙。

本望文字达,今因文字穷。

影孤别离月，衣破道路风。
归去不自息，耕耘成楚农。

远　游

慈乌不远飞，孝子念先归。
而我独何事，四时心有违。
江海恋空积，波涛信来稀。
长为路傍食，著尽家中衣。
别剑不割物，离人难作威。
远行少僮仆，驱使无是非。
为性玩好尽，积愁心绪微。
始知时节驶，夏日非长辉。

商州客舍

商山风雪壮，游子衣裳单。
四望失道路，百忧攒肺肝。
日短觉易老，夜长知至寒。
泪流潇湘弦，调苦屈宋弹。
识声今所易，识意古所难。
声意今讵辨，高明鉴其端。

去安旅情

尽说青云路，有足皆可至。
我马亦四蹄，出门似无地。
玉京十二楼，峨峨倚青翠。
下有千朱门，何门荐孤士。

去安羁旅

听乐别离中，声声入幽肠。
晓泪滴楚瑟，夜魄绕吴乡。
几回羁旅情，梦觉残烛光。

渭上思归

独访千里信，回临千里河。
家在吴楚乡，泪寄东南波。

初于洛中选

尘土日易没，驱驰力无馀。
青云不我与，白首方选书。
宦途事非远，拙者取自疏。

终然恋皇邑，誓以结吾庐。
帝城富高门，京路绕胜居。
碧水走龙蛇，蜿蜒绕庭除。
寻常异方客，过此亦踟蹰。

乙酉岁舍弟扶侍归兴义庄居

谁言旧居止，主人忽成客。
僮仆强与言，相惧终脉脉。
出亦何所求，入亦何所索。
饮食迷精粗，衣裳失宽窄。
回风卷闲箪，新月生空壁。
士有百役身，官无一姓宅。
丈夫耻自饰，衰须从飒白。
兰交早已谢，榆景徒相迫。
惟予心中镜，不语光历历。

西斋养病夜怀多感因呈上从叔子云

远客夜衣薄，厌眠待鸡鸣。
一床空月色，四壁秋蛩声。
守淡遗众俗，养疴念馀生。
方全君子拙，耻学小人明。
蚊蚋亦有时，羽毛各有成。
如何骐骥迹，踡跼未能行。
西北有平路，运来无相轻。

秋怀（十五首）

其一

孤骨夜难卧，吟虫相唧唧。

老泣无涕洟，秋露为滴沥。

去壮暂如翦，来衰纷似织。

触绪无新心，丛悲有馀忆。

诋忍逐南帆，江山践往昔。

其二

秋月颜色冰，老客志气单。

冷露滴梦破，峭风梳骨寒。

席上印病文，肠中转愁盘。

疑怀无所凭，虚听多无端。

梧桐枯峥嵘，声响如哀弹。

其三

一尺月透户，仡栗如剑飞。

老骨坐亦惊，病力所尚微。

虫苦贪剪色，鸟危巢焚辉。

孀娥理故丝，孤哭抽余思。

浮年不可追，衰步多夕归。

其四

秋至老更贫,破屋无门扉。
一片月落床,四壁风入衣。
疏梦不复远,弱心良易归。
商葩将去绿,缭绕争馀辉。
野步踏事少,病谋向物违。
幽幽草根虫,生意与我微。

其五

竹风相戛语,幽闺暗中闻。
鬼神满衰听,恍惚难自分。
商叶堕干雨,秋衣卧单云。
病骨可剉物,酸呻亦成文。
瘦攒如此枯,壮落随西曛。
袅袅一线命,徒言系细缊。

其六

老骨惧秋月,秋月刀剑棱。
纤辉不可干,冷魂坐自凝。
羁雌巢空镜,仙飙荡浮冰。
惊步恐自翻,病大不敢凌。
单床寤皎皎,瘦卧心兢兢。
洗河不见水,透浊为清澄。
诗壮昔空说,诗衰今何凭。

其七

老病多异虑，朝夕非一心。
商虫哭衰运，繁响不可寻。
秋草瘦如发，贞芳缀疏金。
晚鲜讵几时，驰景还易阴。
弱习徒自耻，莫知欲何任。
露才一见谤，潜智早已深。
防深不防露，此意古所箴。

其八

岁暮景气干，秋风兵甲声。
织织劳无衣，嘤嘤徒自鸣。
商声牟中夜，蹇支废前行。
青发如秋园，一剪不复生。
少年如饿花，瞥见不复明。
君子山岳定，小人丝毫争。
多争多无寿，天道戒其盈。

其九

冷露多瘁索，枯风晓吹嘘。
秋深月清苦，虫老声粗疏。
赪珠枝累累，芳金蔓舒舒。
草木亦趣时，寒荣似春馀。
悲彼零落生，与我心何如！

其十

老人朝夕异,生死每日中。
坐随一啜安,卧与万景空。
视短不到门,听涩讵逐风。
还如刻削形,免有纤悉聪。
浪浪谢初始,皎皎幸归终。
孤隔文章友,亲密蒿莱翁。
岁绿闵以黄,秋节迸又穷。
四时既相迫,万虑自然丛。
南逸浩森际,北贫碗确中。
囊怀沉遥江,衰思结秋嵩。
锄食难满腹,叶衣多丑躬。
尘缕不自整,古吟将谁通。
幽竹啸鬼神,楚铁生虬龙。
志士多异感,运郁由邪衷。
常思书破衣,至死教初童。
习乐莫习声,习声多顽聋。

十一

明明胸中言,愿写为高崇。
幽苦日日甚,老力步步微。
常恐暂下床,至门不复归。
饥者重一食,寒者重一衣。
泛广岂无涘? 恣行亦有随。
语中失次第,身外生疮痍。

桂蠹既潜朽,桂花损贞姿。

詈言一失香,千古闻臭词。

将死始前悔,前悔不可追。

哀哉轻薄行,终日与驹驰。

十二

流运闪欲尽,枯折皆相号。

棘枝风哭酸,桐叶霜颜高。

老虫干铁鸣,惊兽孤玉咆。

商气洗声瘦,晚阴驱景劳。

集耳不可遏,喧神不可逃。

寒行散馀郁,幽坐谁与曹?

抽壮无一线,剪怀盈千刀。

清诗既名朓,金菊亦姓陶。

收拾昔所弃,咨嗟今比毛。

幽幽岁晏言,零落不可操。

其十三

霜气入病骨,老人身生冰。

衰毛暗相刺,冷痛不可胜。

矍矍伸至明,强强揽所凭。

瘦坐形欲折,腹饥心将崩。

劝药左右愚,言语如见憎。

聋耳喧神开,始知功用能。

日中视余疮,暗隙闻绳蝇。

彼嗅一何酷,此味半点凝。

潜毒尔无厌,馀生我堪矜。
冻飞幸不远,冬令反心惩。
出没各有时,寒热苦相凌。
仰谢调运翁,请命愿有征。

其十四

黄河倒上天,众水有却来。
人心不及水,一直去不回。
一直亦有巧,不肯至蓬莱。
一直不知疲,唯闻至省台。
忍古不失古,失古志易摧。
失古剑亦折,失古琴亦哀。
夫子失古泪,当时落濩濩。
诗老失古心,至今寒皑皑。
古骨无浊肉,古衣如藓苔。
劝君勉忍古,忍古销尘埃。

其十五

詈言不见血,杀人何纷纷。
声如穷家犬,吠窦何喧喧。
詈痛幽鬼哭,詈侵黄金贫。
言词岂用多,憔悴在一闻。
古詈舌不死,至今书云云。
今人咏古书,善恶宜自分。
秦火不燕舌,秦火空燕文。
所以詈更生,至今横绲缊。

靖安寄居

寄静不寄华，爱兹嵋嵼居。
渴饮浊清泉，饥食无名蔬。
败菜不敢火，补衣亦写书。
古云俭成德，今乃实起予。
戆叟戆不足，贤人贤有馀。
役生皆促促，心竟谁舒舒。
万马踏风衢，众尘随奔车。
高宾尽不见，大道夜方虚。
卧有洞庭梦，坐无长安储。
英髦空骇耳，烟火独微如。
厚念恐伤性，薄田忆亲锄。
承世不出力，冬竹肯抽菹。
外物莫相诱，约心誓从初。
碧芳既似水，日日咏归欤。

雪

忽然太行雪，昨夜飞入来。
峻嵂堕庭中，严白何皑皑。
奴婢晓开户，四肢冻徘徊。
咽言词不成，告诉情状摧。
官给未入门，家人尽以灰。
意劝莫笑雪，笑雪贫为灾。
将暖此残疾，典卖争致杯。

教令再举手，夸曜馀生才。
强起吐巧词，委曲多新裁。
为尔作非夫，忍耻轰暍雷。
书之与君子，庶免生嫌猜。

春 愁

春物与愁客，遇时各有违。
故花辞新枝，新泪落故衣。
日暮两寂寞，飘然亦同归。

愵 临

恶诗皆得官，好诗空抱山。
抱山冷殑殑，终日悲颜颜。
好诗更相嫉，剑戟生牙关。
前贤死已久，犹在咀嚼间。
以我残杪身，清峭养高闲。
求闲未得闲，众诮瞋目视。

游城南韩氏庄

初疑潇湘水，锁在朱门中。
时见水底月，动摇池上风。
清气润竹林，白光连虚空。

浪簇霄汉羽，岸芳金碧丛。

何言数亩间，环泛路不穷。

愿逐神仙侣，飘然汗漫通。

与二三友秋宵会话清上人院

何处山不幽，此中情又别。

一僧敲一磬，七子吟秋月。

激石泉韵清，寄枝风啸咽。

冷然诸境静，顿觉浮累灭。

扣寂兼探真，通宵讵能辍。

好鸟无杂栖，华堂有嘉携。

琴樽互倾奏，歌赋相和谐。

但嘉鱼水合，莫令云雨乖。

一为鹃鸡弹，再鼓壮士怀。

初景待谁晓，新春逐君来。

愿言良友会，高驾不知回。

招文士饮

曹刘不免死，谁敢负年华。

文士莫辞酒，诗人命属花。

退之如放逐，李白自矜夸。

万古忽将似，一朝同叹嗟。

何言天道正，独使地形斜。

南士愁多病，北人悲去家。

梅芳已流管，柳色未藏鸦。

相劝罢吟雪，相从愁饮霞。

醒时不可过，愁海浩无涯。

陪侍御叔游城南山墅

夜坐拥肿亭，昼登崔巍岑。

日窥万峰首，月见双泉心。

松气清耳目，竹氛碧衣襟。

伫想琅玕字，数听枯槁吟。

登华岩寺楼望终南山赠林校书兄弟

地脊亚为崖，牟出冥冥中。

楼根插迥云，殿翼翔危空。

前山胎元气，灵异生不穷。

势吞万象高，秀夺五岳雄。

一望俗虑醒，再登仙愿崇。

青莲三居士，昼景真赏同。

游终南龙池寺

飞鸟不到处，僧房终南巅。

龙在水长碧，雨开山更鲜。

步出白日上，坐依清溪边。

地寒松桂短，石险道路偏。

晚磬送归客，数声落遥天。

南阳公请东樱桃亭子春宴

万木皆未秀,一林先含春。

此地独何力,我公布深仁。

霜叶日舒卷,风枝远埃尘。

初英灈紫霞,飞雨流清津。

赏异出嚣杂,折芳积欢忻。

文心兹焉重,俗尚安能珍。

碧玉妆粉比,飞琼秾艳均。

鸳鸯七十二,花态并相新。

常恐遗秀志,迨兹广宴陈。

芳菲争胜引,歌咏竟良辰。

方知戏马会,永谢登龙宾。

游华山云台观

华岳独灵异,草木恒新鲜。

山尽五色石,水无一色泉。

仙酒不醉人,仙芝皆延年。

夜闻明星馆,时韵女萝弦。

敬兹不能寐,焚柏吟道篇。

喜与长文上人宿李秀才小山池亭

灯尽语不尽，主人庭砌幽。

柳枝星影曙，兰叶露华浮。

块岭笑群岫，片池轻众流。

更闻清净子，逸唱颇难俦。

邀花伴

边地春不足，十里见一花。

及时须遨游，日暮饶风沙。

石淙（十首）

其一

岩谷不自胜，水木幽奇多。

朔风入空曲，泾流无大波。

迢递径难尽，参差势相罗。

雪霜有时洗，尘土无由和。

洁冷诚未厌，晚步将如何？

其二

出曲水未断，入山深更重。
泠泠若仙语，皎皎多异容。
万响不相杂，四时皆有浓。
日月互分照，云霞各生峰。
久迷向方理，逮兹耸前踪。

其三

荒策每恣远，蹩步难自回。
已抱苔藓疾，尚凌潺湲隈。
驿骥苦衔勒，笼禽恨摧颓。
实力苟未足，浮夸信悠哉。
顾惟非时用，静言还自咍。

其四

朔水刀剑利，秋石琼瑶鲜。
鱼龙气不腥，潭洞状更妍。
磴雪入呀谷，掬星洒遥天。
声忙不及韵，势疾多断涟。
输去虽有恨，躁气一何颠。
蜿蜒相缠挈，荦确亦回旋。
黑草濯铁发，白苔浮冰钱。
具生此云遥，非德不可甄。
何况被犀士，制之空以权。
始知静刚猛，文教从来先。

其五

空谷耸视听,幽湍泽心灵。
疾流脱鳞甲,叠岸冲风霆。
丹崦堕环景,霁波灼虚形。
淙淙瓹厚轴,棱棱攒高冥。
弱栈跨旋碧,危梯倚凝青。
飘飘鹤骨仙,飞动鳌背庭。
常闻夸大言,下顾皆细萍。

其六

百尺明镜流,千曲寒星飞。
为君洗故物,有色如新衣。
不饮泥土污,但饮雪霜饥。
石棱玉纤纤,草色琼霏霏。
谷碛有余力,溪春亦多机。
从来一智萌,能使众利归。
因之山水中,喧然论是非。

其七

入深得奇趣,升险为良跻。
搜胜有闻见,逃俗无踪蹊。
穴流恣回转,窍景忘东西。
夔兽鲜猜惧,罗人巧置罜。
幽驰异处所,忍虑多端倪。

虚获我何饱,实归彼非迷。

斯文浪云洁,此旨谁得齐。

其八

屑珠泻潺湲,裂玉何威瑰。

若调千瑟弦,未果一曲谐。

古骇毛发粟,险惊视听乖。

二老皆劲骨,风趋缘欹崖。

地远有馀美,我游采弃怀。

乘时幸勤鉴,前恨多幽霾。

弱力谢刚健,蹇策贵安排。

始知随事静,何必当夕斋。

其九

昔浮南渡飙,今攀朔山景。

物色多瘦削,吟笑还孤永。

日月冻有棱,雪霜空无影。

玉喷不生冰,瑶涡旋成井。

潜角时聋光,隐鳞乍漂冏。

再吟获新胜,返步失前省。

惬怀虽已多,惕虑未能整。

颓阳落何处,升魄衔疏岭。

其十

圣朝搜岩谷,此地多遗玩。

怠惰成远游,顽疏恣灵观。

劲飙刷幽视,怒水慑馀懦。

曾是结芳诚,远兹勉流倦。

冰条耸危虑,霜翠莹遐眄。

物诱信多端,荒寻谅难遍。

去矣朔之隅,悠然楚之甸。

游韦七洞庭别业

洞庭如潇湘,叠翠荡浮碧。

松桂无赤日,风物饶清激。

逍遥展幽韵,参差逗良觌。

道胜不知疲,冥搜自无斁。

旷然青霞抱,永矣白云适。

崆峒非凡乡,蓬瀛在仙籍。

无言从远尚,还思君子识。

波涛漱古岸,铿锵辨奇石。

灵响非外求,殊音自中积。

人皆走烦浊,君能致虚寂。

何以祛扰扰,叩调清淅淅。

既惧豪华损,誓从诗书益。

一举独往姿,再摇飞遁迹。

山深有变异,意惬无惊惕。

采翠夺日月,照耀迷昼夕。

松斋何用扫,萝院自然涤。

业峻谢烦芜,文高追古昔。

暂遥朱门恋,终立青史绩。

物表易淹留,人间重离析。

难随洞庭酌,且醉横塘席。

越中山水

日觉耳目胜,我来山水州。

蓬瀛若仿佛,田野如泛浮。

碧嶂几千绕,清泉万馀流。

莫穷合沓步,孰尽派别游。

越水净难污,越天阴易收。

气鲜无隐物,目视远更周。

举俗媚葱蒨,连冬撷芳柔。

菱湖有馀翠,茗圃无荒畴。

赏异忽已远,探奇诚淹留。

永言终南色,去矣销人忧。

春集越州皇甫秀才山亭

嘉宾在何处,置亭春山巅。

顾余寂寞者,谬厕芳菲筵。

视听日澄澈,声光坐连绵。

晴湖泻峰嶂,翠浪多萍藓。

何以逞高志,为君吟秋天。

和皇甫判官游琅琊溪

山中琉璃境，物外琅琊溪。
房廊逐岩壑，道路随高低。
碧濑漱白石，翠烟含青霓。
客来暂游践，意欲忘簪珪。
树杪灯火夕，云端钟梵齐。
时同虽可仰，迹异难相携。
唯当清宵梦，仿佛愿攀跻。

汝州南潭陪陆中丞公宴

一雨百泉涨，南潭夜来深。
分明碧沙底，写出青天心。
远客洞庭至，因兹涤烦襟。
既登飞云舫，愿奏清风琴。
高岸立旗戟，潜蛟失浮沉。
威棱护斯浸，魍魉逃所侵。
山态变初霁，水声流新音。
耳目极眺听，潺湲与崟岑。
谁言柳太守，空有白蘋吟。

汝州陆中丞席喜张从事至同赋十韵

汝水无浊波，汝山饶奇石。

大贤为此郡，佳士来如积。

有客乘白驹，奉义惬所适。

清风荡华馆，雅瑟泛瑶席。

芳醑静无喧，金尊光有涤。

纵情孰虑损，听论自招益。

愿折若木枝，却彼曜灵夕。

贵贱一相接，忧悰忽转易。

会合勿言轻，别离古来惜。

请君驻征车，良遇难再觌。

夜集汝州郡斋听陆僧辩弹琴

康乐宠词客，清宵意无穷。

征文北山外，借月南楼中。

千里愁并尽，一樽欢暂同。

胡为戛楚琴，淅沥起寒风。

同年春燕

少年三十士，嘉会良在兹。

高歌摇春风，醉舞摧花枝。

意荡晓晚景，喜凝芳菲时。

马迹攒骖嫋，乐声韵参差。

视听改旧趣，物象含新姿。

红雨花上滴，绿烟柳际垂。

淹中讲精义，南皮献清词。

前贤与今人，千载为一期。

明鉴有皎洁，澄玉无磷缁。

永与沙泥别，各整云汉仪。

盛气自中积，英名日四驰。

塞鸿绝俦匹，海月难等夷。

郁抑忽已尽，亲朋乐无涯。

幽蕙发空曲，芳杜绵所思。

浮迹自聚散，壮心谁别离。

愿保金石志，无令有夺移。

罗氏花下奉招陈侍御

眼在枝上春，落地成埃尘。

不是风流者，谁为攀折人。

宁辞波浪阔，莫道往来频。

拾紫岂宜晚，掇芳须及晨。

劳收贾生泪，强起屈平身。

花下本无俗，酒中别有神。

游蜂不饮故，戏蝶亦争新。

万物尽如此，过时非所珍。

游石龙涡

石龙不见形，石雨如散星。

山下晴皎皎，山中阴泠泠。

水飞林木杪，珠缀莓苔屏。

畜异物皆别，当晨景欲暝。

泉芳春气碧，松月寒色青。

险力此独壮，猛兽亦不停。

日暮且回去，浮心恨未宁。

浮石亭

曾是风雨力，崔巍漂来时。

落星夜皎洁，近榜朝逶迤。

翠潋递明灭，清溇泻欹危。

况逢蓬岛仙，会合良在兹。

看　花

家家有芍药，不妨至温柔。

温柔一同女，红笑笑不休。

月娥双双下，楚艳枝枝浮。

洞里逢仙人，绰约青宵游。

芍药谁为婿，人人不敢来。

唯应待诗老，日日殷勤开。

玉立无气力,春凝且裴徊。

将何谢青春,痛饮一百杯。

芍药吹欲尽,无奈晓风何。

馀花欲谁待,唯待谏郎过。

谏郎不事俗,黄金买高歌。

高歌夜更清,花意晚更多。

饮之不见底,醉倒深红波。

红波荡谏心,谏心终无它。

独游终难醉,挈榼徒经过。

问花不解语,劝得酒无多。

三年此村落,春色入心悲。

料得一孀妇,经时独泪垂。

济源春

太行横偃脊,百里芳崔巍。

济滨花异颜,枋口云如裁。

新画彩色湿,上界光影来。

深红缕草木,浅碧珩溯洄。

千家门前饮,一道传禊杯。

玉鳞吞金钩,仙璇琉璃开。

朴童茂言语,善俗无惊猜。

狂吹寝恒宴,晓清梦先回。

治生鲜惰夫,积学多深材。

再游诅癫躄,一洗惊尘埃。

济源寒食

风巢袅袅春鸦鸦，无子老人仰面嗟。

柳弓苇箭觑不见，高红远绿劳相遮。

女婵童子黄短短，耳中闻人惜春晚。

逃蜂匿蝶踏地来，抛却斋糜一瓷碗。

一日踏春一百回，朝朝没脚走芳埃。

饥童饿马扫花喂，向晚饮溪三两杯。

莓苔井上空相忆，辘轳索断无消息。

酒人皆倚春发绿，病叟独藏秋发白。

长安落花飞上天，南风引至三殿前。

可怜春物亦朝谒，唯我孤吟渭水边。

枋口花间掣手归，嵩阳为我留红晖。

可怜踯躅千万尺，柱地柱天疑欲飞。

蜜蜂为主各磨牙，咬尽村中万木花。

君家瓮瓮今应满，五色冬笼甚可夸。

游枋口

一步复一步，出行千里幽。

为取山水意，故作寂寞游。

太行青巅高，枋口碧照浮。

明明无底镜，泛泛忘机鸥。

老逸不自限，病狂不可周。

恣闲饶淡薄，怠玩多淹留。

芳物竞晼晚，绿梢挂新柔。

和友莺相绕，言语亦以稠。

始知万类然，静躁难相求。

耸我残病骨，健如一仙人。

镜中照千里，镜浪洞百神。

此神日月华，不作寻常春。

三十夜皆明，四时昼恒新。

鸟声尽依依，兽心亦忻忻。

澄幽出所怪，闪异坐微细。

可来复可来，此地灵相亲。

与王二十一员外涯游枋口柳溪

万株古柳根，擎此磷磷溪。

野榜多屈曲，仙浔无端倪。

春桃散红烟，寒竹含晚凄。

晓听忽以异，芳树安能齐。

共疑落镜中，坐泛红景低。

水意酒易醒，浪情事非迷。

小儒峭章句，大贤嘉提携。

潜窦韵灵瑟，翠崖鸣玉珪。

主人稷卨翁，德茂芝朮畦。

凿出幽隐端，气象皆升跻。

曾是清乐抱，逮兹几省溪。

宴位席兰草，滥觞惊凫鹥。

灵味荐鲂瓣，金花屑橙齑。

江调摆衰俗，洛风远尘泥。

徒言奏狂狷，讵敢忘筌蹄。

与王二十一员外涯游昭成寺

洛友寂寂约，省骑霏霏尘。
游僧步晚磬，话茗含芳春。
瑶策冰入手，粉壁画莹神。
赪廓芙蓉霁，碧殿琉璃匀。
玄讲岛岳尽，渊咏文字新。
屡笑寒竹宴，况接青云宾。
顾惭馀眷下，衰瘵婴残身。

蒿 少

沙弥舞袈裟，走向踯躅飞。
闲步亦惺惺，芳援相依依。
喧塞春咽喉，蜂蝶事光辉。
群嬉且已晚，孤引将何归。
流艳去不息，朝英亦疏微。

旅次洛城东水亭

水竹色相洗，碧花动轩楹。
自然逍遥风，荡涤浮竞情。
霜落叶声燥，景寒人语清。
我来招隐亭，衣上尘暂轻。

北郭贫居

进乏广莫力,退为蒙笼居。
三年失意归,四向相识疏。
地僻草木壮,荒条扶我庐。
夜贫灯烛绝,明月照吾书。
欲识贞静操,秋蝉饮清虚。

题陆鸿渐上饶新开山舍

惊彼武陵状,移归此岩边。
开亭拟贮云,凿石先得泉。
啸竹引清吹,吟花成新篇。
乃知高洁情,摆落区中缘。

题韦承总吴王故城下幽居

才饱身自贵,巷荒门岂贫。
韦生堪继相,孟子愿依邻。
夜思琴语切,昼情茶味新。
霜枝留过鹊,风竹扫蒙尘。
郢唱一声发,吴花千片春。
对君何所得,归去觉情真。

苏州昆山惠聚寺僧房

昨日到上方，片云挂石床。

锡杖莓苔青，袈裟松柏香。

晴磬无短韵，古灯含永光。

有时乞鹤归，还访逍遥场。

题从叔述灵岩山壁

换却世上心，独起山中情。

露衣凉且鲜，云策高复轻。

喜见夏日来，变为松景清。

每将逍遥听，不厌飕飗声。

远念尘末宗，未疏俗间名。

桂枝妄举手，萍路空劳生。

仰谢开净弦，相招时一鸣。

题林校书花严寺书窗

隐咏不夸俗，问禅徒净居。

翻将白云字，寄向青莲书。

拟古投松坐，就明开纸疏。

昭昭南山景，独与心相如。

蓝溪元居士草堂

市井不容义，义归山谷中。
夫君宅松桂，招我栖蒙笼。
人朴情虑肃，境闲视听空。
清溪宛转水，修竹徘徊风。
木倦采樵子，土劳稼穑翁。
读书业虽异，敦本志亦同。
蓝岸青漠漠，蓝峰碧崇崇。
日昏各命酒，寒蛩鸣蕙丛。

新卜清罗幽居奉献陆大夫

黔娄住何处，仁邑无馁寒。
岂悟旧羁旅，变为新闲安。
二倾有馀食，三农行可观。
笼禽得高巢，辙鲋还层澜。
翳翳桑柘墟，纷纷田里欢。
兵戈忽消散，耦耕非艰难。
嘉木偶良酌，芳阴庇清弹。
力农唯一事，趣世徒万端。
静觉本相厚，动为末所残。
此外有馀暇，锄荒出幽兰。

题韦少保静恭宅藏书洞

高意合天制，自然状无穷。
仙华凝四时，玉藓生数峰。
书秘漆文字，匣藏金蛟龙。
闲为气候肃，开作云雨浓。
洞隐谅非久，岩梦诚必通。
将缀文士集，贯就真珠丛。

生生亭

滩闹不妨语，跨溪仍置亭。
置亭嵫嵊头，开窗纳遥青。
遥青新画出，三十六扇屏。
裹裹立平地，棱棱浮高冥。
一日数开扉，仙闪目不停。
徒夸远方岫，曷若中峰灵。
拔意千馀丈，浩言永堪铭。
浩言无愧同，愧同忍丑醒。
致之未有力，力在君子听。

寒　溪(九首)

其一

霜洗水色尽，寒溪见纤鳞。

幸临虚空镜，照此残悴身。

潜滑不自隐，露底莹更新。

豁如君子怀，曾是危陷人。

始明浅俗心，夜结朝已津。

净漱一掬碧，远消千虑尘。

始知泥步泉，莫与山源邻。

其一

洛阳岸边道，孟氏庄前溪。

舟行素冰折，声作青瑶嘶。

绿水结绿玉，白波生白珪。

明明宝镜中，物物天照齐。

仄步下危曲，攀枯闻孺啼。

霜芬稍消歇，凝景微茫齐。

痴坐直视听，戆行失踪蹊。

岸童劚棘劳，语言多悲凄。

其三

晓饮一杯酒,踏雪过清溪。

波澜冻为刀,刳割凫与鹥。

宿羽皆翦弃,血声沉沙泥。

独立欲何语,默念心酸嘶。

冻血莫作春,作春生不齐。

冻血莫作花,作花发孀啼。

幽幽棘针村,冻死难耕犁。

其四

篙工碰玉星,一路随迸萤。

朔冻哀彻底,獠馋咏潜鲤。

冰齿相磨啮,风音酸铎铃。

清悲不可逃,洗出纤悉听。

碧潋卷已尽,彩缕飞飘零。

下蹑滑不定,上栖折难停。

哮嘐呷唔冤,仰诉何时宁。

其五

一曲一直水,白龙何鳞鳞。

冻飙杂碎号,齑音坑谷辛。

柧楞吃无力,飞走更相仁。

猛弓一折弦,馀喘争来宾。

大严此之立,小杀不复陈。

皎皎何皎皎，氲氲复氲氲。
瑞晴刷日月，高碧开星辰。
独立两脚雪，孤吟千虑新。
天欈徒昭昭，箕舌虚龂龂。
尧圣不听汝，孔微亦有臣。
谏书竟成章，古义终难陈。

其六

因冻死得食，杀风仍不休。
以兵为仁义，仁义生刀头。
刀头仁义腥，君子不可求。
波澜抽剑冰，相劈如仇雠。

其七

尖雪入鱼心，鱼心明愀愀。
怳如罔两说，似诉割切由。
谁使异方气，入此中土流。
翦尽一月春，闭为百谷幽。
仰怀新霁光，下照疑忧愁。

其八

溪老哭甚寒，涕泗冰珊珊。
飞死走死形，雪裂纷心肝。
剑刃冻不割，弓弦强难弹。
常闻君子武，不食天杀残。

劚玉掩骼骱，吊琼哀阑干。

其九

溪风摆馀冻，溪景衔明春。
玉消花滴滴，虬解光鳞鳞。
悬步下清曲，消期濯芳津。
千里冰裂处，一勺暖亦仁。
凝精互相洗，漪涟竞将新。
忽如剑疮尽，初起百战身。

立德新居（十首）

其一

立德何亭亭，西南耸高隅。
阳崖泄春意，井圃留冬芜。
胜引即纤道，幽行岂通衢。
碧峰远相揖，清思谁言孤。
寺秩虽贵家，浊醪良可哺。

其二

耸城架霄汉，洁宅涵细缊。
开门洛北岸，时锁嵩阳云。

夜高星辰大,昼长天地分。
厚韵属疏语,薄名谢嚣闻。
兹焉有殊隔,永矣难及群。

其三

宾秩已觉厚,私储常恐多。
清贫聊自尔,素责将如何。
俭教先勉力,修襟无馀佗。
良栖一枝木,灵巢片叶荷。
仰笑鹍鹏辈,委身拂天波。

其四

疏门不掩水,洛色寒更高。
晓碧流视听,夕清濯衣袍。
为於仁义得,未觉登陟劳。
远岸雪难莫,劲枝风易号。
霜禽各啸侣,吾亦爱吾曹。

其五

崎岖有悬步,委曲饶荒寻。
远树足良木,疏巢无争禽。
素魄衔夕岸,绿水生晓浔。
空旷伊洛视,仿佛潇湘心。
何必尚远异,忧劳满行襟。

其六

悬途多仄足，崎圃无修畦。
芳兰与宿艾，手撷心不迷。
品子懒读书，辕驹难服犁。
虚食日相投，夸肠讵能低。
耻从新学游，愿将古农齐。

其七

都城多耸秀，爱此高县居。
伊雒绕街巷，鸳鸯飞阁间。
翠景何的砾，霜飔飘空虚。
突出万家表，独治二亩蔬。
一旬一手版，十日九手锄。

其八

手锄手自助，激劝亦已饶。
畏彼梨栗儿，空资玩弄骄。
夜景卧难尽，昼光坐易消。
治旧得新义，耕荒生嘉苗。
锄治苟惬适，心形俱逍遥。

其九

玉蹄裂鸣水，金绶忽照门。

拂拭贫士席，拜候丞相辕。

德疏未为高，礼至方觉尊。

岂唯耀兹日，可以荣远孙。

如何一阳朝，独荷众瑞繁。

其十

东南富水木，寂寥蔽光辉。

此地足文字，及时隘骖䮫。

仄雪踏为平，涩行变如飞。

令畦生气色，嘉绿新霏微。

天意资厚养，贤人肯相违。

西上经灵宝观

道士无白发，语音灵泉清。

青松多寿色，白石恒夜明。

放步霓霞起，振衣华风生。

真文秘中顶，宝气浮四楹。

一片古关路，万里今人行。

上仙不可见，驱策徒西征。

泛黄河

谁开昆仑源，流出混沌河。

积雨飞作风，惊龙喷为波。

湘瑟飕飗弦，越宾呜咽歌。

有恨不可洗，虚此来经过。

往河阳宿峡陵，寄李侍御

暮天寒风悲屑屑，啼鸟绕树泉水咽。

行路解鞍投古陵，苍苍隔山见微月。

鸦鸣犬吠霜烟昏，开囊拂巾对盘飧。

人生穷达感知己，明日投君申片言。

鸦路溪行，呈陆中丞

鸦路不可越，三十六渡溪。

有物饮碧水，高林挂青霓。

历览道更险，驱使迹频暌。

视听易常主，心魂互相迷。

浪石忽摇动，沙堤信难跻。

危峰紫霄外，古木浮云齐。

出阻望汝郡，大贤多招携。

疲马恋旧秣，羁禽思故栖。

应怜泣楚玉，弃置如尘泥。

独宿峴首忆长安故人

月迥无隐物，况复大江秋。

江城与沙村，人语风飕飗。

岘亭当此时，故人不同游。
故人在长安，亦可将梦求。

自商行谒复州卢使君虔

一身绕千山，远作行路人。
未遂东吴归，暂出西京尘。
仲宣荆州客，今余竟陵宾。
往迹虽不同，托意皆有因。
商岭莓苔滑，石坂上下频。
江汉沙泥洁，永日光景新。
独泪起残夜，孤吟望初晨。
驱驰竟何事，章句依深仁。

梦泽中行

楚山争蔽亏，日月无全辉。
楚路饶回惑，旅人有迷归。
骐骥思北首，鹧鸪愿南飞。
我怀京洛游，未厌风尘衣。

京山行

众虻聚病马，流血不得行。
后路起夜色，前山闻虎声。

此时游子心，百尺风中旄。

旅次湘沅有怀灵均

分拙多感激，久游遵长途。
经过湘水源，怀古方踟蹰。
旧称楚灵均，此处殒忠躯。
侧聆故老言，遂得旌贤愚。
名参君子场，行为小人儒。
骚文衔贞亮，体物情崎岖。
三黜有愠色，即非贤哲模。
五十爵高秩，谬膺从大夫。
胸襟积忧愁，容鬓复凋枯。
死为不吊鬼，生作猜谤徒。
吟泽洁其身，忠节宁见输。
怀沙灭其性，孝行焉能俱。
且闻善称君，一何善自殊。
且闻过称己，一何过不渝。
悠哉风土人，角黍投川隅。
相传历千祀，哀悼延八区。
如今圣明朝，养育无羁孤。
君臣逸雍熙，德化盈纷敷。
巾车徇前侣，白日犹昆吾。
寄君臣子心，戒此真良图。

过彭泽

扬帆过彭泽，舟人诧叹息。
不见种柳人，霜风空寂历。

寄张籍

夜镜不照物，朝光何时升。
黯然秋思来，走入志士膺。
志士惜时逝，一宵三四兴。
清汉徒自朗，浊河终无澄。
旧爱忽已远，新愁坐相凌。
君其隐壮怀，我亦逃名称。
古人贵从晦，君子忌党朋。
倾败生所竞，保全归懵懵。
浮云何当来，潜虬会飞腾。

忆周秀才、素上人，时闻各在一方

东西分我情，魂梦安能定。
野客云作心，高僧月为性。
浮云自高闲，明月常空净。
衣敝得古风，居山无俗病。
吟听碧云语，手把青松柄。
羡尔欲寄书，飞禽杳难倩。

舟中喜遇从权简别后寄上时

一意两片云，暂合还却分。

南云乘庆归，北云与谁群。

寄声千里风，相唤闻不闻。

怀南岳隐士（二首）

其一

见说祝融峰，擎天势似腾。

藏千寻布水，出十八高僧。

古路无人迹，新霞吐石棱。

终居将尔叟，一一共余登。

千峰映碧湘，真叟此中藏。

饭不煮石吃，眉应似发长。

枫棍楮酒瓮，鹤虱落琴床。

强效忘机者，斯人尚未忘。

春夜忆萧子真

半夜不成寐，灯尽又无月。

独向阶前立，子规啼不歇。

况我有金兰，忽尔为胡越。
争得明镜中，久长无白发。

寄院中诸公

奕奕秋水傍，骎骎绿云蹄。
月仙有高曜，灵凤无卑栖。
翠色绕云谷，碧华凝月溪。
竹林递历览，云寺行攀跻。
冠豸犹屈蠖，匣龙期刳犀。
千山惊月晓，百里闻霜鼙。
戎府多秀异，谢公期相携。
因之仰群彦，养拙固难齐。

寄洺州李大夫

自从蓟师反，中国事纷纷。
儒道一失所，贤人多在军。
鸟巢忧迸射，鹿耳骇惊闻。
剑折唯恐匣，弓贪不让勋。
方知省事将，动必谢前群。
鹳阵常先罢，鱼符最晚分。
步闲洺水曲，笑激太行云。
诗叟未相识，竹儿争见君。
殷勤越谈说，记尽古风文。

寄卢虔使君

霜露再相换,游人犹未归。
岁新月改色,客久线断衣。
有鹤冰在翅,竟久力难飞。
千家旧素沼,昨日生绿辉。
春色若可借,为君步芳菲。

寄崔纯亮

百川有馀水,大海无满波。
器量各相悬,贤愚不同科。
群辩有姿语,众欢无行歌。
唯馀洛阳子,郁郁恨常多。
时读过秦篇,为君涕滂沱。

汴州离乱后忆韩愈、李翱

会合一时哭,别离三断肠。
残花不待风,春尽各飞扬。
欢去收不得,悲来难自防。
孤门清馆夜,独卧明月床。
忠直血白刃,道路声苍黄。
食恩三千士,一旦为豺狼。

海岛士皆直,夷门士非良。

人心既不类,天道亦反常。

自杀与彼杀,未知何者臧。

寄张籍

未见天子面,不如双盲人。

贾生对文帝,终日犹悲辛。

夫子亦如盲,所以空泣麟。

有时独斋心,仿佛梦称臣。

梦中称臣言,觉后真埃尘。

东京有眼富不如,西京无眼贫西京。

无眼犹有耳隔墙,时闻天子车辚辚。

辚辚车声辗冰玉,南郊坛上礼百神。

西明寺后穷瞎张太祝,纵尔有眼谁尔珍。

天子咫尺不得见,不如闭眼且养真。

寄义兴小女子

江南庄宅浅,所固唯疏篱。

小女未解行,酒弟老更痴。

家中多吴语,教尔遥可知。

山怪夜动门,水妖时弄池。

所忧痴酒肠,不解委曲辞。

渔妾性崛强,耕童手皴厘。

想兹为襁褓,如鸟拾柴枝。

我咏元鲁山,胸臆流甘滋。

终当学自乳,起坐常相随。

忆江南弟

白首眼垂血,望尔唯梦中。
筋力强起时,魂魄犹在东。
眼光寄明星,起来东望空。
望空不见人,江海波无穷。
衰老无气力,呼叫不成风。
孑然忆忆言,落地何由通。
常师共被教,竟作生离翁。
生离不可诉,上天何曾聪。
未忍对松柏,自鞭残朽躬。
自鞭亦何益,知教非所崇。
努力拄杖来,馀活与尔同。
不然死后耻,遗死亦有终。

宿空侄院寄澹公

夜坐冷竹声,二三高人语。
灯窗看律钞,小师别为侣。
雪檐晴滴滴,茗碗华举举。
磬音多风飚,声韵闻江楚。
官街不相隔,诗思空愁予。
明日策杖归,去住两延伫。

寄陕府邓给事

陕城临大道,馆宇屹几鲜。
候谒随芳语,铿词芬蜀笺。
从来镜目下,见尽道心前。
自谓古诗量,异将新学偏。
戆人年六十,每月请三千。
不敢等闲用,愿为长寿钱。
非关亦洁尔,将以救羸然。
孤省痴皎皎,默吟写绵绵。
病书凭昼日,驿信寄宵鞭。
疾诉将何谕,肆鳞今倒悬。
尘鲤见枯浪,土鼌思干泉。
感感无绪荡,愁愁作云边。
贞元文祭酒,比谨学韦玄。
满坐风无杂,当朝雅独全。
见知嘱徐孺,赏句类陶渊。
一顾生鸿羽,再言将鹤翩。
宣扬隘车马,君子凑骈阗。
曾是此同眷,至今应赐怜。
磨墨零落泪,楷字贡仁贤。

送谏议十六叔至孝义渡后奉寄

晓渡明镜中,霞衣相飘飖。
浪凫惊亦双,蓬客将谁僚。

别饮孤易醒，离忧壮难销。

文清虽无敌，儒贵不敢骄。

江吏捧紫泥，海旗剪红蕉。

分明太守礼，跨蹑毗陵桥。

伊洛去未回，遐瞩空寂寥。

至孝义渡寄郑军事唐二十五

咫尺不得见，心中空嗟嗟。

官街泥水深，下脚道路斜。

嵩少玉峻峻，伊雒碧华华。

岸亭当四迥，诗老独一家。

洧叟何所如，郑石惟有些。

何当来说事，为君开流霞。

答友人

白日照清水，浅深无隐姿。

君子业高文，怀抱多正思。

砥行碧山石，结交青松枝。

碧山无转易，青松难倾移。

落落出俗韵，琅琅大雅词。

自非随氏掌，明月安能持。

千里不可倒，一返无近期。

如何非意中，良觌忽在兹。

道语必疏淡，儒风易凌迟。

愿存坚贞节，勿为霜霰欺。

酬友人见寄新文

为客栖未定，况当玄月中。
繁云翳碧霄，落雪和清风。
郊陌绝行人，原隰多飞蓬。
耕牛返村巷，野鸟依房栊。
我无饥冻忧，身托莲花宫。
安闲赖禅伯，复得疏尘蒙。
览君郢曲文，词彩何冲融。
讴吟不能已，顿觉形神空。

答韩愈、李观别，因献张徐州

富别愁在颜，贫别愁销骨。
懒磨旧铜镜，畏见新白发。
古树春无花，子规啼有血。
离弦不堪听，一听四五绝。
世途非一险，俗虑有千结。
有客步大方，驱车独迷辙。
故人韩与李，逸翰双皎洁。
哀我摧折归，赠词纵横设。
徐方国东枢，元戎天下杰。
祢生投刺游，王粲吟诗谒。
高情无遗照，朗抱开晓月。
有土不埋冤，有仇皆为雪。
愿为直草木，永向君地列。

愿为古琴瑟，永向君听发。

欲识丈夫心，曾将孤剑说。

答昼上人止谗作

烈烈鸷鹜吟，铿铿琅玕音。

枭摧明月啸，鹤起清风心。

渭水不可浑，泾流徒相侵。

俗侣唱桃叶，隐士鸣桂琴。

子野真遗却，浮浅藏渊深。

答姚怤见寄

日月不同光，昼夜各有宜。

贤哲不苟合，出处亦待时。

而我独迷见，意求异士知。

如将舞鹤管，误向惊凫吹。

大雅难具陈，正声易漂沦。

君有丈夫泪，泣人不泣身。

行吟楚山玉，义泪沾衣巾。

答郭郎中

松柏死不变，千年色青青。

志士贫更坚，守道无异营。

每弹潇湘瑟，独抱风波声。

中有失意吟，知者泪满缨。
何以报知者，永存坚与贞。

答卢虔故园见寄

访旧无一人，独归清维春。
花闻哭声死，水见别容新。
乱后故乡宅，多为行路尘。
因悲楚左右，谤玉不知珉。

汝坟蒙从弟楚材见赠

朝为主人心，暮为行客吟。
汝水忽凄咽，汝风流苦音。
北阙秦门高，南路楚石深。
分泪洒白日，离肠绕青岑。
何以寄远怀，黄鹤能相寻。

同从叔简酬卢殷少府

梅尉吟楚声，竹风为凄清。
深虚冰在性，高洁云入情。
借水洗闲貌，寄蕉书逸名。
羞将片石文，斗此双琼英。

酬李侍御书记秋夕雨中病假见寄

秋风绕衰柳，远客闻雨声。

重兹阻良夕，孤坐唯积诚。

果枉移疾咏，中含嘉虑明。

洗涤烦浊尽，视听昭旷生。

未觉衾枕倦，久为章奏婴。

达人不宝药，所保在闲情。

答卢仝

楚屈入水死，诗孟踏雪僵。

直气苟有存，死亦何所妨。

日劈高查牙，清棱含冰浆。

前古后古冰，与山气势强。

闪怪千石形，异状安可量。

有时春镜破，百道声飞扬。

潜仙不足言，朗客无隐肠。

为君倾海宇，日夕多文章。

天下岂无缘，此山雪昂藏。

烦君前致词，哀我老更狂。

狂歌不及狂，歌声缘凤凰。

凤兮何当来，消我孤直疮。

君文真凤声，宣隘满铿锵。

洛友零落尽，逮兹悲重伤。

独自奋异骨，将骑白角翔。

再三劝莫行,寒气有刀枪。

仰惭君子多,慎勿作芬芳。

奉报翰林张舍人见遗之诗

百虫笑秋律,清削月夜闻。

晓棱视听微,风剪叶已纷。

君子鉴大雅,老人非俊群。

收拾古所弃,俯仰补空文。

孤韵耻春俗,馀响逸零雰。

自然蹈终南,涤暑凌寒氛。

岩霭不知午,涧澌镇含曛。

曾是醒古醉,所以多隐沦。

江调乐之远,溪谣生徒新。

众蕴有馀采,寒泉空哀呻。

南谢竟莫至,北宋当时珍。

赜灵各自异,酌酒谁能均。

昔咏多写讽,今词讵无因。

品松何高翠,宫殿没荒榛。

苔趾识宏制,沙潦游崩津。

忽吟陶渊明,此即羲皇人。

心放出天地,形拘在风尘。

前贤素行阶,夙嗜青山勤。

达士立明镜,朗言为近臣。

将期律万有,倾倒甄无垠。

鹭鸶应蟋蟀,丝毫意皆申。

况于三千章,哀叩不为神。

送从弟郢东归

尔去东南夜,我无西北梦。
谁言贫别易,贫别愁更重。
晓色夺明月,征人逐群动。
秋风楚涛高,旅榜将谁共。

山中送从叔简赴举

石根百尺杉,山眼一片泉。
倚之道气高,饮之诗思鲜。
于此逍遥场,忽奏别离弦。
却笑薜萝子,不同鸣跃年。

送别崔寅亮下第

天地唯一气,用之自偏颇。
忧人成苦吟,达士为高歌。
君子识不浅,桂枝忧更多。
岁晏期攀折,时归且婆娑。
素质如削玉,清词若倾河。
虬龙未化时,鱼鳖同一波。
去矣当自适,故乡饶薜萝。

大梁送柳淳先入关

青山辗为尘,白日无闲人。

自古推高车,争利西入秦。

王门与侯门,待富不待贫。

空携一束书,去去谁相亲。

送无怀道士游富春山水

造化绝高处,富春独多观。

山浓翠滴洒,水折珠摧残。

溪镜不隐发,树衣长遇寒。

风猿虚空飞,月狖叫啸酸。

信此神仙路,岂为时俗安。

煮金阴阳火,囚怪星宿坛。

花发我未识,玉生忽丛攒。

蓬莱浮荡漾,非道相从难。

送温初下第

日落浊水中,夜光谁能分。

高怀无近趣,清抱多远闻。

欲识丈夫志,心藏孤岳云。

长安风尘别,咫尺不见君。

送卢虔端公守复州

师旷听群木，自然识孤桐。
正声逢知音，愿出大朴中。
知音不韵俗，独立占古风。
忽挂触邪冠，逮逐南飞鸿。
肃肃太守章，明明华毂熊。
商山无平路，楚水有惊湍。
日月千里外，光阴难载同。
新愁徒自积，良会何由通。

送任载、齐古二秀才自洞庭游宣城

洞庭非人境，道路行虚空。
二客月中下，一帆天外风。
鱼龙波五色，金碧树千丛。
闪怪如可惧，在诚无不通。
扣奇知浩淼，采异访穹崇。
物表即高韵，人间访仙公。
宣城文雅地，谢守声闻融。
证玉易为力，辨珉谁不同。
从兹阮籍泪，且免泣途穷。

送晓公归庭山

庭山何崎岖，寺路缘翠微。

秋霁山尽出，日落人独归。

云生高高步，泉洒田田衣。

枯巢无还羽，新木有争飞。

兹焉不可继，梦寐空清辉。

送豆卢策归别墅

短松鹤不巢，高石云不栖。

君今潇湘去，意与云鹤齐。

力买奇险地，手开清浅溪。

身披薜荔衣，山陟莓苔梯。

一卷冰雪文，避俗常自携。

送清远上人归楚山旧寺

波中出吴境，霞际登楚岑。

山寺一别来，云萝三改阴。

诗夸碧云句，道证青莲心。

应笑泛萍者，不知松隐深。

山中送从叔简

莫以手中琼，言邀世上名。
莫以山中迹，久向人间行。
松柏有霜操，风泉无俗声。
应怜枯朽质，惊此别离情。

送萧炼师入四明山

闲于独鹤心，大于高松年。
迥出万物表，高栖四明巅。
千寻直裂峰，百尺倒泻泉。
绛雪为我饭，白云为我田。
静言不语俗，灵踪时步天。

感别送从叔校书简再登科东归

长安车马道，高槐结浮阴。
下有名利人，一人千万心。
黄鹄多远势，沧溟无近浔。
怡怡静退姿，泠泠思归吟。
菱唱忽生听，芸书回望深。
清风散言笑，馀花缀衣襟。
独恨鱼鸟别，一飞将一沉。

送玄亮师

兰泉涤我襟,杉月栖我心。
茗啜绿净花,经诵清柔音。
何处笑为别,淡情愁不侵。

送李尊师玄

口诵碧简文,身是青霞君。
头冠两片月,肩披一条云。
松骨轻自飞,鹤心高不群。

同昼上人送郭秀才江南寻兄弟

地上春色生,眼前诗彩明。
手携片宝月,言是高僧名。
溪转万曲心,水流千里声。
飞鸣向谁去,江鸿弟与兄。

春日同韦郎中使君送邹儒立少府

离思著百草,绵绵生无穷。
侧闻畿甸秀,三振词策雄。

太守不韵俗，诸生皆变风。
郡斋敞西清，楚瑟惊南鸿。
海畔帝城望，云阳天色中。
酒酣正芳景，诗缀新碧丛。
服彩老莱并，侍车江革同。
过隋柳憔悴，入洛花蒙笼。
高步讵留足，前程在层空。
独惭病鹤羽，飞送力难崇。

送从叔校书简南归

长安别离道，宛在东城隅。
寒草根未死，愁人心已枯。
促促水上景，遥遥天际途。
生随昏晓中，皆被日月驱。
北骑达山岳，南帆指江湖。
高踪一超越，千里在须臾。

送韩愈从军

志士感恩起，变衣非变性。
亲宾改旧观，僮仆生新敬。
坐作群书吟，行为孤剑咏。
始知出处心，不失平生正。
凄凄天地秋，凛凛军马令。
驿尘时一飞，物色极四静。
王师既不战，庙略在无竞。

王粲有所依，元瑜初应命。

一章喻檄明，百万心气定。

今朝旌鼓前，笑别丈夫盛。

同茅郎中使君送河南裴文学

河南有归客，江风绕行襟。

送君无尘听，舞鹤清瑟音。

菱蔓缀楚棹，日华正嵩岑。

如何谢文学，还起会云吟。

送李翱习之

习之势翩翩，东南去遥遥。

赠君双履足，一为上皋桥。

皋桥路逶迤，碧水清风飘。

新秋折藕花，应对吴语娇。

千巷分渌波，四门生早潮。

湖榜轻袅袅，酒旗高寥寥。

小时屐齿痕，有处应未销。

旧忆如雾星，悦见于梦消。

言之烧人心，事去不可招。

独孤宅前曲，箜篌醉中谣。

壮年俱悠悠，逮兹各焦焦。

执手复执手，唯道无枯凋。

送丹霞子院芳颜上人归山

松色不肯秋，玉性不可柔。
登山须正路，饮水须直流。
倩鹤附书信，索云作衣裘。
仙村莫道远，枉策招交游。

送从舅端适楚地

归情似泛空，飘荡楚波中。
羽扇扫轻汗，布帆筛细风。
江花折菡萏，岸影泊梧桐。
元舅唱离别，贱生愁不穷。

送卢汀侍御归天德幕

仲宣领骑射，结束皆少年。
匹马黄河岸，射雕清霜天。
旌旗防日北，道路上云巅。
古雪无销铄，新冰有堆填。
清溪徒笮诮，白璧自招贤。
岂比重恩者，闭门方独全。

送草书献上人归庐山

狂僧不为酒,狂笔自通天。

将书云霞片,直至清明巅。

手中飞黑电,象外泻玄泉。

万物随指顾,三光为回旋。

聚书云霡霂,洗砚山晴鲜。

忽怒画蛇虺,喷然生风烟。

江人愿停笔,惊浪恐倾船。

和薛先辈送独孤秀才上都赴
嘉会得青字

秦云攀窈窕,楚桂搴芳馨。

五色岂徒尔,万枝皆有灵。

仙谣天上贵,林咏雪中青。

持此一为赠,送君翔杳冥。

送崔爽之湖南

江与湖相通,二水洗高空。

定知一日帆,使得千里风。

雪唱与谁和,俗情多不通。

何当逸翻纵,飞起泥沙中。

送超上人归天台

天台山最高，动蹑赤城霞。

何以静双目，扫山除妄花。

何以洁其性，滤泉去泥沙。

灵境物皆直，万松无一斜。

月中见心近，云外将俗赊。

山兽护方丈，山猿捧袈裟。

遗身独得身，笑我牵名华。

同李益、崔放送王炼师还楼观

十年白云士，一卷紫芝书。

来结崆峒侣，还期缥缈居。

霞冠遗彩翠，月帔上空虚。

寄谢泉根水，清泠闲有馀。

张徐州席送岑秀才

振振芝兰步，升自君子堂。

泠泠松桂吟，生自楚客肠。

羁鸟无定栖，惊蓬在他乡。

去兹门馆闲，即彼道路长。

雨馀山川净，麦熟草木凉。

楚泪滴章句,京尘染衣裳。

赠君无馀佗,久要不可忘。

送黄构擢第后归江南

澹澹沧海气,结成黄香才。

幼龄思奋飞,弱冠游灵台。

一鹗顾乔木,众禽不敢猜。

一骥骋长衢,众兽不敢陪。

遂得会风雨,感通如云雷。

至矣小宗伯,确乎心不回。

能令幽静人,声实喧九垓。

却忆江南道,祖筵花里开。

春风不能别,别罢空徘徊。

送道士

千年山上行,山上无遗踪。

一日人间游,六合人皆逢。

自有意中侣,白寒徒相从。

送孟寂赴举

烈士不忧身,为君吟苦辛。

男儿久失意,宝剑亦生尘。

浮俗官是贵,君子道所珍。

况当圣明主,岂乏证玉臣。

浊水无白日,清流鉴苍旻。

贤愚皎然别,结交当有因。

同溧阳宰送孙秀才

废瑟难为弦,南风难为歌。

幽幽拙疾中,忽忽浮梦多。

清韵始啸侣,雅言相与和。

讼闲每往招,祖送奈若何。

牵苦强为赠,邦邑光峨峨。

溧阳唐兴寺观蔷薇花

忽惊红琉璃,千艳万艳开。

佛火不烧物,净香空徘徊。

花下印文字,林间咏觞杯。

群官饯宰官,此地车马来。

送柳淳

青山临黄河,下有长安道。

世上名利人,相逢不知老。

送殷秀才南游

诗句临离袂,酒花薰别颜。

水程千里外,岸泊几宵间。

风叶乱辞木,雪猿清叫山。

南中多古事,咏遍始应还。

送青阳上人游越

秋风吹白发,微官自萧索。

江僧何用叹,溪县饶寂寞。

楚思物皆清,越山胜非薄。

时看镜中月,独向衣上落。

多谢入冥鸿,笑予在笼鹤。

奉同朝贤送新罗使

森森雪远国,一萍秋海中。

恩传日月外,梦在波涛东。

浪兴豁胸臆,泛程舟虚空。

既兹吟仗信,亦以难私躬。

实怪赏不足,异鲜悦多丛。

安危所系重,征役谁能穷。

彼俗媚文史,圣朝富才雄。

送行数百首,各以铿奇工。

冗隶窃抽韵,孤属思将同。

留弟郢不得送之江南

刚有下水船,白日留不得。

老人独自归,苦泪满眼黑。

送陆畅归湖州,因凭题故人皎然塔、陆羽坟

森森雪寺前,白蘋多清风。

昔游诗会满,今游诗会空。

孤吟玉凄恻,远思景蒙笼。

杼山砖塔禅,竟陵广宵翁。

饶彼草木声,仿佛闻馀聪。

因君寄数句,遍为书其丛。

追吟当时说,来者实不穷。

江调难再得,京尘徒满躬。

送君溪鸳鸯,彩色双飞东。

东多高静乡,芳宅冬亦崇。

手自撷甘旨,供养欢冲融。

待我遂前心,收拾使有终。

不然洛岸亭,归死为大同。

送淡公（十二首）

其一

燕本冰雪骨，越淡莲花风。

五言双宝刀，联响高飞鸿。

翰苑钱舍人，诗韵铿雷公。

识本未识淡，仰咏嗟无穷。

清恨生物表，郎玉倾梦中。

常于冷竹坐，相语道意冲。

嵩洛兴不薄，稽江事难同。

明年若不来，我作黄蒿翁。

何以兀其心，为君学虚空。

其二

坐爱青草上，意含沧海滨。

渺渺独见水，悠悠不问人。

镜浪洗手绿，剡花入心春。

虽然防外触，无奈饶衣新。

行当译文字，慰此吟殷勤。

其三

铜斗饮江酒，手拍铜斗歌。

侬是拍浪儿，饮则拜浪婆。

脚踏小船头，独速舞短蓑。

笑伊渔阳操，空恃文章多。

闲倚青竹竿，白日奈我何。

其四

短蓑不怕雨，白鹭相争飞。

短楫画菰蒲，斗作豪横归。

笑伊水健儿，浪战求光辉。

不如竹枝弓，射鸭无是非。

其五

射鸭复射鸭，鸭惊菰蒲头。

鸳鸯亦零落，彩色难相求。

侬是清浪儿，每踏清浪游。

笑伊乡贡郎，踏土称风流。

如何丱角翁，至死不裹头。

其六

师得天文章，所以相知怀。

数年伊雏同，一旦江湖乖。

江湖有故庄，小女啼嗟嗟。

我忧未相识，乳养难和谐。

幸以片佛衣，诱之令看斋。

斋中百福言，催促西归来。

其七

伊洛气味薄，江湖文章多。

坐缘江湖岸，意识鲜明波。

铜斗短蓑行，新章其奈何。

兹焉激切句，非是等闲歌。

制之附驿回，勿使馀风讹。

都城第一寺，昭成屹嵯峨。

为师书广壁，仰咏时经过。

徘徊相思心，老泪双滂沱。

其八

江南邑中寺，平地生胜山。

开元吴语僧，律韵高且闲。

妙药溪岸平，桂榜往复还。

树石相斗生，红绿各异颜。

风味我遥忆，新奇师独攀。

其九

报恩兼报德，寺与山争鲜。

橙橘金盖槛，竹蕉绿凝禅。

经章音韵细，风磬清泠翩。

离肠绕师足，旧忆随路延。

不知几千尺，至死方绵绵。

其十

乡在越镜中,分明见归心。

镜芳步步绿,镜水日日深。

异刹碧天上,古香清桂岑。

朗约徒在昔,章句忽盈今。

幸因西飞叶,书作东风吟。

落我病枕上,慰此浮恨侵。

其十一

牵师袈裟别,师断袈裟归。

问师何苦去,感吃言语稀。

意恐被诗饿,欲住将底依。

卢殷刘言史,饿死君已噫。

不忍见别君,哭君他是非。

其十二

诗人苦为诗,不如脱空飞。

一生空鹭气,非谏复非讥。

脱枯挂寒枝,弃如一唾微。

一步一步乞,半片半片衣。

倚诗为活计,从古多无肥。

诗饥老不怨,劳师泪霏霏。

送魏端公入朝

东洛尚淹玩,西京足芳妍。
大宾威仪肃,上客冠剑鲜。
岂惟空恋阙,亦以将朝天。
局促尘末吏,幽老病中弦。
徒怀青云价,忽至白发年。
何当补风教,为荐三百篇。

送卢郎中汀

洛水春渡阔,别离心悠悠。
一生空吟诗,不觉成白头。
向事每计较,与山实绸缪。
太华天上开,其下车辙流。
县街无尘土,过客多淹留。
坐饮孤驿酒,行思独山游。
逸关岚气明,照渭空潆浮。
玉珂摆新欢,声与鸾凤俦。
朝谒大家事,唯余去无由。

送郑仆射出节山南

国老出为将,红旗入青山。
再招门下生,结束馀病孱。

自笑骑马丑，强从驱驰间。
顾顾磨天路，袅袅镜下颜。
文魄既飞越，宦情唯等闲。
羡他白面少，多是清朝班。
惜命非所报，慎行诚独艰。
悠悠去住心，两说何能删。

别妻家

芙蓉湿晓露，秋别南浦中。
鸳鸯卷新赠，遥恋东床空。
碧水不息浪，清溪易生风。
参差坐成阻，飘飘去无穷。
孤云目虽断，明月心相通。
私情讵销铄，积芳在春丛。

赠姚怤别

美人废琴瑟，不是无巧弹。
闻君郢中唱，始觉知音难。
惊蓬无还根，驰水多分澜。
倦客厌出门，疲马思解鞍。
何以写此心，赠君握中丹。

赠竟陵卢使君虔别

赤日千里火,火中行子心。

孰不苦焦灼,所行为贫侵。

山木岂无凉,猛兽蹲清阴。

归人忆平坦,别路多岖嶔。

赖得竟陵守,时闻建安吟。

赠别折楚芳,楚芳摇衣襟。

与韩愈、李翱、张籍话别

朱弦奏离别,华灯少光辉。

物色岂有异,人心顾将违。

客程殊未已,岁华忽然微。

秋桐故叶下,寒露新雁飞。

远游起重恨,送人念先归。

夜集类饥鸟,晨光失相依。

马迹绕川水,雁书还闺闱。

常恐亲朋阻,独行知虑非。

监察十五叔东斋招李益端公会别

欲知惜别离,泻水还清池。

此地有君子,芳兰步葳蕤。

手掇杂英眦,意摇春夜思。

莫作绕山云,循环无定期。

汴州留别韩愈

不饮浊水澜,空滞此汴河。

坐见绕岸水,尽为还海波。

四时不在家,弊服断线多。

远客独憔悴,春英落婆娑。

汴水饶曲流,野桑无直柯。

但为君子心,叹息终靡他。

赠别殷山人说易后归幽墅

夫子说天地,若与灵龟言。

幽幽人不知,一一予所敦。

秋月吐白夜,凉风韵清源。

旁通忽已远,神感寂不喧。

一悟祛万结,夕怀倾朝烦。

旅辅无停波,别马嘶去辕。

殷勤荒草士,会有知己论。

寿安西渡奉别郑相公（二首）

其一

洛河向西道，石波横磷磷。

清风送君子，车远无还尘。

春别亦萧索，况兹冰霜晨。

零落景易入，郁抑抱难申。

百宵华灯宴，一旦星散人。

岁去弦吐箭，忧来蚕抽纶。

绵绵无穷事，各各驰绕身。

徘徊黄缥缈，倏忽春霜宾。

相为物表物，永谢区中姻。

日嗟来教士，仰望无由亲。

其二

东都清风减，君子西归朝。

独抱岁晏恨，泗吟不成谣。

贵游意多味，贱别情易消。

回雁忆前叫，浪凫念后漂。

悠悠孤飞景，笋笋衔霜条。

昧趣多滞涩，懒朋寡新僚。

病深理方悟，悔至心自烧。

寂静道何在，忧勤学空饶。

乃知减闻见，始遂情逍遥。

文字徒营织，声华谅疑骄。

顾惭耕稼士，朴略气韵调。

善士有馀食，佳畦冬生苗。

养人在养身，此旨清如韶。

愿贡高古言，敢望锡类招。

过分水岭

山壮马力短，马行石齿中。

十步九举辔，回环失西东。

溪水变为雨，悬崖阴濛濛。

客衣飘飘秋，葛花零落风。

白日舍我没，征途忽然穷。

分水岭别夜示从弟寂

南中少平地，山水重叠生。

别泉万馀曲，迷舟独难行。

四际乱峰合，一眺千虑并。

潺湲冬夏冷，光彩昼夜明。

赏心难久胜，离肠忽自惊。

古木摇霁色，高风动秋声。

饮尔一樽酒，慰我百忧轻。

嘉期何处定，此晨堪寄情。

连州吟

春风朝夕起，吹绿日日深。
试为连州吟，泪下不可禁。
连山何连连，连天碧岑岑。
哀猿哭花死，子规裂客心。
兰芷结新佩，潇湘遗旧音。
怨声能翦弦，坐抚零落琴。
羽翼不自有，相追力难任。
唯凭方寸灵，独夜万里寻。
方寻魂飘飘，南梦山岖嶔。
仿佛惊魍魉，悉窣闻枫林。
正直被放者，鬼魅无所侵。
贤人多安排，俗士多虚钦。
孤怀吐明月，众毁铄黄金。
愿君保玄曜，壮志无自沉。
朝亦连州吟，暮亦连州吟。
连州果有信，一纸万里心。
开缄白云断，明月堕衣襟。
南风嘶舜琯，苦竹动猿音。
万里愁一色，潇湘雨淫淫。
两剑忽相触，双蛟恣浮沉。
斗水正回斡，倒流安可禁。
空愁江海信，惊浪隔相寻。

孟郊诗集

旅　行

楚水结冰薄，楚云为雨微。
野梅参差发，旅榜逍遥归。

上河阳李大夫

上将秉神略，至兵无猛威。
三军当严冬，一抚胜重衣。
霜剑夺众景，夜星失长辉。
苍鹰独立时，恶鸟不敢飞。
武牢锁天关，河桥纽地机。
大将奚以安，守此称者稀。
贫士少颜色，贵门多轻肥。
试登山岳高，方见草木微。
山岳恩既广，草木心皆归。

投赠张端公

君子量不极，胸吞百川流。
嫉邪霜气直，问俗春辞柔。
日户昼辉静，月杯夜景幽。
咏惊芙蓉发，笑激风飚秋。
鸾步独无侣，鹤音仍寡俦。
幸沾分寸顾，散此千万忧。

赠苏州韦郎中使君

谢客吟一声,霜落群听清。
文含元气柔,鼓动万物轻。
嘉木依性植,曲枝亦不生。
尘埃徐庾词,金玉曹刘名。
章句作雅正,江山益鲜明。
萍蘋一浪草,菰蒲片池荣。
曾是康乐咏,如今寋其英。
顾惟菲薄质,亦愿将此并。

上张徐州

为水不入海,安得浮天波。
为木不在山,安得横日柯。
再来君子傍,始觉精义多。
大德唯一施,众情自偏颇。
至乐无宫徵,至声遗讴歌。
愿鼓空桑弦,永使万物和。
顾已诚拙讷,干名已蹉跎。
献词惟在口,所欲无馀佗。
乍作支泉石,乍作翳松萝。
一不改方圆,破质为琢磨。
贱子本如此,大贤心若何。
岂是无异途,异途难经过。

上包祭酒

岳岳冠盖彦,英英文字雄。

琼音独听时,尘韵固不同。

春云生纸上,秋涛起胸中。

时吟五君咏,再举七子风。

何幸松桂侣,见知勤苦功。

愿将黄鹤翅,一借飞云空。

赠别崔纯亮

食荠肠亦苦,强歌声无欢。

出门即有碍,谁谓天地宽。

有碍非遐方,长安大道傍。

小人智虑险,平地生太行。

镜破不改光,兰死不改香。

始知君子心,交久道益彰。

君心与我怀,离别俱回遑。

譬如浸蘖泉,流苦已日长。

忍泣目易衰,忍忧形易伤。

项籍岂不壮,贾生岂不良。

当其失意时,涕泗各沾裳。

古人劝加餐,此餐难自强。

一饭九祝噎,一嗟十断肠。

况是儿女怨,怨气凌彼苍。

彼苍若有知,白日下清霜。

今朝始惊叹,碧落空茫茫。

赠文应上人

栖迟青山巅,高静身所便。
不践有命草,但饮无声泉。
斋性空转寂,学情深更专。
经文开贝叶,衣制垂秋莲。
厌此俗人群,暂来还却旋。

严河南

赤令风骨峭,语言清霜寒。
不必用雄威,见者毛发攒。
我有赤令心,未得赤令官。
终朝衡门下,忍志将筑弹。
君从西省郎,正有东洛观。
洛民萧条久,威恩悯抚难。
苦竹声啸雪,夜斋闻千竿。
诗人偶寄耳,听苦心多端。
多端落杯酒,酒中方得欢。
隐士多饮酒,此言信难刊。
取次令坊沽,举止务在宽。
何必红烛娇,始言清宴阑。
丈夫莫矜庄,矜庄不中看。

赠李观

谁言形影亲,灯灭影去身。

谁言鱼水欢,水竭鱼枯鳞。

昔为同恨客,今为独笑人。

舍予在泥辙,飘迹上云津。

卧木易成蠹,弃花难再春。

何言对芳景,愁望极萧晨。

埋剑谁识气,匣弦日生尘。

愿君语高风,为余问苍旻。

吴安西馆赠从弟楚客

蒙笼杨柳馆,中有南风生。

风生今为谁,湘客多远情。

孤枕楚水梦,独帆楚江程。

觉来残恨深,尚与归路并。

玉匣五弦在,请君时一鸣。

赠章仇将军

将军不夸剑,才气为英雄。

五岳拽力内,百川倾意中。

本立谁敢拔,飞文自难穷。

前时天地翻,已有扶正功。

赠道月上人

僧貌净无点,僧衣宁缀华。

寻常昼日行,不使身影斜。

饭术煮松柏,坐山数云霞。

欲知禅隐高,缉薜为袈裟。

抒情因上郎中二十二叔监察

方凭指下弦,写出心中言。

寸草贱子命,高山主人恩。

游边风沙意,梦楚波涛魂。

一日引别袂,九回沾泪痕。

自悲何以然,在礼阙晨昏。

名利时转甚,是非宵亦喧。

浮情少定主,百虑随世翻。

举此胸臆恨,幸从贤哲论。

明明三飞鸾,照物如朝暾。

赠城郭道士

望里失却山,听中遗却泉。

松枝休策云,药囊翻贮钱。

曾依青桂邻,学得白雪弦。

别来意未回,世上为隐仙。

桐庐山中赠李明府

静境无浊氛，清雨零碧云。
千山不隐响，一叶动亦闻。
即此佳志士，精微谁相群。
欲识楚章句，袖中兰茝薰。

献汉南樊尚书

天下昔崩乱，大君识贤臣。
众木尽摇落，始见竹色真。
兵势走山岳，阳光潜埃尘。
心开玄女符，面缚清波人。
异俗既从化，浇风亦归淳。
自公理斯郡，寒谷皆变春。
旗影卷赤电，剑锋匣青鳞。
如何嵩高气，作镇楚水滨。
云镜忽开霁，孤光射无垠。
乃知寻常鉴，照影不照神。

赠转运陆中丞

掌运职既大，摧邪名更雄。
鹏飞簸曲云，鹗怒生直风。

投彼霜雪令,翦除荆棘丛。

楚仓倾向西,吴米发自东。

帆影咽河口,车声聋关中。

尧知才策高,人喜道路通。

皆经内史力,继得酆侯功。

菜子真为少,相如未免穷。

衣花野菡萏,书叶山梧桐。

不是宗匠心,谁怜久栖蓬。

赠万年陆郎中

天子忧剧县,寄深华省郎。

纷纷风响珮,蛰蛰剑开霜。

旧事笑堆案,新声唯雅章。

谁言百里才,终作横天梁。

江鸿耻承眷,云津未能翔。

徘徊尘俗中,短毳无辉光。

擢第后东归书怀

昔岁辞亲泪,今为恋主泣。

去住情难并,别离景易戢。

天矫大空鳞,曾为小泉蛰。

幽意独沉时,震雷忽相及。

神行既不宰,直致非所执。

至运本遗功,轻生各自立。

大君思此化,良佐自然集。

宝镜无私光，时文有新习。

慈亲诚志就，贱子归情急。

擢第谢灵台，牵衣出皇邑。

行襟海日曙，逸抱江风入。

蒹葭得波浪，芙蓉红岸湿。

云寺势动摇，山钟韵嘘吸。

旧游期再践，悬水得重挹。

松萝虽可居，青紫终当拾。

古意赠梁肃补阙

曲木忌日影，谗人畏贤明。

自然照烛间，不受邪佞轻。

不有百炼火，孰知寸金精。

金铅正同炉，愿分精与粗。

赠黔府王中丞楚

旧说天下山，半在黔中青。

又闻天下泉，半落黔中鸣。

山水千万绕，中有君子行。

儒风一以扇，污俗心皆平。

我愿中国春，化从异方生。

昔为阴草毒，今为阳华英。

嘉实缀绿蔓，凉湍泻清声。

逍遥物景胜，视听空旷并。

困骥犹在辕，沉珠尚隐精。

路遐莫及晒，泥污日已盈。
岁晏将何从，落叶甘自轻。

上达奚舍人

北山少日月，草木苦风霜。
贫士在重坎，食梅有酸肠。
万俗皆走圆，一身犹学方。
常恐众毁至，春叶成秋黄。
大贤秉高鉴，公烛无私光。
暗室晓未及，幽行涕空行。

赠主人

斗水泻大海，不如泻枯池。
分明贤达交，岂顾豪华儿。
海有不足流，豪有不足资。
枯鳞易为水，贫士易为施。
幸睹君子席，会将幽贱期。
侧闻清风议，欸如黄金卮。
此道与日月，同光无尽时。

赠建业契公

师住青山寺，清华常绕身。
虽然到城郭，衣上不栖尘。

献襄阳于大夫

襄阳青山郭,汉江白铜堤。
谢公领兹郡,山水无尘泥。
铁马万霜雪,绛旗千虹霓。
风漪参差泛,石板重叠跻。
旧泪不复堕,新欢居然齐。
还耕竟原野,归老相扶携。
物色增暧暧,寒芳更萋萋。
渊清有遐略,高躅无近蹊。
即此富苍翠,自然引翔栖。
曩游常抱忆,夙好今尚暌。
愿言从逸辔,暇日凌清溪。

赠郑夫子鲂

天地入胸臆,吁嗟生风雷。
文章得其微,物象由我裁。
宋玉逞大句,李白飞狂才。
苟非圣贤心,孰与造化该。
勉矣郑夫子,骊珠今始胎。

大隐坊·崔从事郧以直隳职

古人留清风，千载遥赠君。
破松见贞心，裂竹见直文。
残月色不改，高贤德常新。
家怀诗书富，宅抱草木贫。
安得一蹄泉，来化千尺鳞。
含意永不语，钓璜幽水滨。

大隐坊·章仇将军良弃功守贫

饮君江海心，讵能辨浅深。
挹君山岳德，谁能齐崟岑。
东海精为月，西岳气凝金。
进则万景昼，退则群物阴。
我欲荐此言，天门峻沉沉。
风飙亦感激，为我飔飅吟。

大隐坊·赵记室 在职无事

卑静身后老，高动物先摧。
方圆水任器，刚劲木成灰。
大道母群物，达人腹众才。
时吟尧舜篇，心向无为开。
彼隐山万曲，我隐酒一杯。
公庭何所有，日日清风来。

赠韩郎中愈

何以定交契,赠君高山石。
何以保贞坚,赠君青松色。
贫居过此外,无可相彩饰。
闻君硕鼠诗,吟之泪空滴。
硕鼠既穿墉,又啮机上丝。
穿墉有闲土,啮丝无馀衣。
朝吟枯桑柘,暮泣空杼机。
岂是无巧妙,丝断将何施。
众人尚肥华,志士多饥羸。
愿君保此节,天意当察微。
前日远别离,今日生白发。
欲知万里情,晓卧半床月。
常恐百虫秋,使我芳草歇。

戏赠无本(二首)

其一

长安秋声干,木叶相号悲。
瘦僧卧冰凌,嘲咏含金痍。
金痍非战痕,峭病方在兹。
诗骨耸东野,诗涛涌退之。
有时踉跄行,人惊鹤阿师。
可惜李杜死,不见此狂痴。

其二

燕僧耸听词,袈裟喜新翻。
北岳厌利杀,玄功生微言。
天高亦可飞,海广亦可源。
文章杳无底,剔掘谁能根。
梦灵仿佛到,对我方与论。
拾月鲸口边,何人免为吞。
燕僧摆造化,万有随手奔。
补缀杂霞衣,笑傲诸贵门。
将明文在身,亦尔道所存。
朔雪凝别句,朔风飘征魂。
再期嵩少游,一访蓬萝村。
春草步步绿,春山日日暄。
遥莺相应吟,晚听恐不繁。
相思塞心胸,高逸难攀援。

宇文秀才斋中海柳咏

玉缕青葳蕤,结为芳树姿。
忽惊明月钩,钩出珊瑚枝。
灼灼不死花,蒙蒙长生丝。
饮柏泛仙味,咏兰拟古词。
霜风清飕飕,与君长相思。

摇　柳

弱弱本易惊，看看势难定。
因风似醉舞，尽日不能正。
时邀咏花女，笑辍春妆镜。

晓　鹤

晓鹤弹古舌，婆罗门叫音。
应吹天上律，不使尘中寻。
虚空梦皆断，歆唏安能禁。
如开孤月口，似说明星心。
既非人间韵，枉作人间禽。
不如相将去，碧落窠巢深。

和蔷薇花歌

仙机札札织凤凰，花开七十有二行。
天霞落地攒红光，风枝袅袅时一飏。
飞散葩馥绕空王，忽惊锦浪洗新色。
又似宫娃逞妆饰，终当一使移花根。
还比蒲桃天上植。

邀人赏蔷薇

蜀色庶可比,楚丛亦应无。

醉红不自力,狂艳如索扶。

丽蕊惜未扫,宛枝长更纡。

何人是花侯,诗老强相呼。

和宣州钱判官使院厅前石楠树

大朴既一剖,众材争万殊。

懿兹南海华,来与北壤俱。

生长如自惜,雪霜无凋渝。

笼笼抱灵秀,簇簇抽芳肤。

寒日吐丹艳,颓子流细珠。

鸳鸯花数重,翡翠叶四铺。

雨洗新妆色,一枝如一姝。

竿异敷庭际,倾妍来坐隅。

散彩饰机案,馀辉盈盘盂。

高意因造化,常情逐荣枯。

主公方寸中,陶植在须臾。

养此奉君子,赏觌日为娱。

始觉石楠咏,价倾赋两都。

棠颂庶可比,桂词难以逾。

因谢丘墟木,空采落泥涂。

时来开佳姿,道去卧枯株。

争芳无由缘,受气如郁纡。

抽肝在郢匠,叹息何踟蹰。

酬郑毗踯躅咏

不似人手致,岂关地势偏。
孤光袅馀翠,独影舞多妍。
逬火烧闲地,红星堕青天。
忽惊物表物,嘉客为留连。

品 松

追悲谢灵运,不得殊常封。
纵然孔与颜,亦莫及此松。
此松天格高,耸异千万重。
抓挐巨灵手,擘裂少室峰。
擘裂风雨狞,抓挐指爪傭。
道入难抱心,学生易堕踪。
时时数点仙,袅袅一线龙。
霏微岚浪际,游戏颢兴浓。
品松徒高高,雌鸣讵嘻嘻。
赏异尚可贵,赏潜谁能容。
名华非典实,翦弃徒纤茸。
刻削大雅文,所以不敢慵。

答李员外小岱味

一拳芙蓉水,倾玉何泠泠。
仙情夙已高,诗味今更馨。

试啜月入骨，再衔愁尽醒。
荷君道古诚，使我善飞翎。

井上枸杞架

深锁银泉鬶，高叶架云空。
不与凡木并，自将仙盖同。
影疏千点月，声细万条风。
迸子邻沟外，飘香客位中。
花杯承此饮，椿岁小无穷。

蜘蛛讽

万类皆有性，各各禀天和。
蚕身与汝身，汝身何太讹。
蚕身不为己，汝身不为佗。
蚕丝为衣裳，汝丝为网罗。
济物几无功，害物日已多。
百虫虽切恨，其将奈尔何。

蚊

五月中夜息，饥蚊尚营营。
但将膏血求，岂觉性命轻。
顾己宁自愧，饮人以偷生。
愿为天下幪，一使夜景清。

烛　蛾

灯前双舞蛾，厌生何太切。
想尔飞来心，恶明不恶灭。
天若百尺高，应去掩明月。

和钱侍郎甘露

玄天何以言，瑞露青松繁。
忽见垂书迹，还惊涌澧源。
春枝晨袅袅，香味晓翻翻。
子礼忽来献，臣心固易敦。
清风惜不动，薄雾肯蒙昏。
嘉昼色更晶，仁慈久乃存。
一方难独占，天下恐争论。
侧听飞中使，重荣华德门。
从公乐万寿，馀庆及儿孙。

和令狐侍郎、郭郎中题项羽庙

碧草凌古庙，清尘锁秋窗。
当时独宰割，猛志谁能降。
鼓气雷作敌，剑光电为双。
新悲徒自起，旧恨空浮江。

读张碧集

天宝太白殁,六义已消歇。
大哉国风本,丧而王泽竭。
先生今复生,斯文信难缺。
下笔证兴亡,陈词备风骨。
高秋数奏琴,澄潭一轮月。
谁作采诗官,忍之不挥发。

听 琴

飒飒微雨收,翻翻橡叶鸣。
月沉乱峰西,寥落三四星。
前溪忽调琴,隔林寒琤琤。
闻弹正弄声,不敢枕上听。
回烛整头簪,漱泉立中庭。
定步屐齿深,貌禅目冥冥。
微风吹衣襟,亦认宫徵声。
学道三十年,未免忧死生。
闻弹一夜中,会尽天地情。

闻夜啼赠刘正元

寄泣须寄黄河泉,此中怨声流彻天。
愁人独有夜灯见,一纸乡书泪滴穿。

喜 雨

朝见一片云,暮成千里雨。
凄清湿高枝,散漫沾荒土。

终南山下作

见此原野秀,始知造化偏。
山村不假阴,流水自雨田。
家家梯碧峰,门门锁青烟。
因思蜕骨人,化作飞桂仙。

观种树

种树皆待春,春至难久留。
君看朝夕花,谁免离别愁。
心意已零落,种之仍未休。
胡为好奇者,无事自买忧。

春雨后

昨夜一霎雨,天意苏群物。
何物最先知,虚庭草争出。

答友人赠炭

青山白屋有仁人,赠炭价重双乌银。
驱却坐上千重寒,烧出炉中一片春。
吹霞弄日光不定,暖得曲身成直身。

烂柯石

仙界一日内,人间千载穷。
双棋未遍局,万物皆为空。
樵客返归路,斧柯烂从风。
唯馀石桥在,犹自凌丹虹。

寻言上人

万里莓苔地,不见驱驰踪。
唯开文字窗,时写日月容。
竹韵漫萧屑,草花徒蒙茸。
披霜入众木,独自识青松。

喷玉布

去尘咫尺步,山笑康乐岩。
天开紫石屏,泉缕明月帘。

仙凝刻削迹,灵绽云霞纤。
悦闻若有待,瞥见终无厌。
俗玩讵能近,道嬉方可淹。
踏着不死机,欲归多浮嫌。
古醉今忽醒,今求古仍潜。
古今相共失,语默两难恬。
赠君喷玉布,一濯高崭崭。

姑蔑城

劲越既成土,强吴亦为墟。
皇风一已被,兹邑信平居。
抚俗观旧迹,行春布新书。
兴亡意何在,绵叹空踌蹰。

峥嵘岭

疏凿顺高下,结构横烟霞。
坐啸郡斋肃,玩奇石路斜。
古树浮绿气,高门结朱华。
始见峥嵘状,仰止逾可嘉。

寻裴处士

涉水更登陆,所向皆清真。
寒草不藏径,灵峰知有人。
悠哉炼金客,独与烟霞亲。

曾是欲轻举,谁言空隐沦。

远心寄白月,华发回青春。

对此钦胜事,胡为劳我身。

子庆诗

王家事已奇,孟氏庆无涯。

献子还生子,羲之又有之。

凤兮且莫叹,鲤也会闻诗。

小小豫章甲,纤纤玉树姿。

人来唯仰乳,母抱未知慈。

我欲拣其养,放麑者是谁。

憩淮上观公法堂

动觉日月短,静知时岁长。

自悲道路人,暂宿空闲堂。

孤烛让清昼,纱巾敛辉光。

高僧积素行,事外无刚强。

我有岩下桂,愿为炉中香。

不惜青翠姿,为君扬芬芳。

淮水色不污,汴流徒浑黄。

且将琉璃意,净缀芙蓉章。

明日还独行,羁愁来旧肠。

江邑春霖奉赠陈侍御

江上花木冻,雨中零落春。

应由放忠直,在此成漂沦。

嘉艳皆损污,好音难殷勤。

天涯多远恨,雪涕盈芳辰。

坐哭青草上,卧吟幽水滨。

兴言念风俗,得意唯波鳞。

枕席病流湿,檐楹若飞津。

始知吴楚水,不及京洛尘。

风浦荡归棹,泥陂陷征轮。

两途日无遂,相赠唯沾巾。

溧阳秋霁

晚雨晓犹在,萧寥激前阶。

星星满衰鬓,耿耿入秋怀。

旧识半零落,前心骤相乖。

饱泉亦恐醉,惕宦肃如斋。

上客处华池,下寮宅枯崖。

叩高占生物,龃龉回难谐。

列仙文·方诸青童君

大霞霏晨晖,元气无常形。

玄銮飞霄外,八景乘高清。

手把玉皇袂,携我晨中生。

玄庭自嘉会,金书拆华名。

贤女密所妍,相期洛水軿。

列仙文 · 清虚真人

欻驾空清虚，徘徊西华馆。
琼轮暨晨抄，虎骑逐烟散。
惠风振丹旌，明烛朗八焕。
解襟墉房内，神铃鸣璀璨。
栖景若林柯，九弦空中弹。
遗我积世忧，释此千载叹。
怡眄无极已，终夜复待旦。

列仙文 · 金母飞空歌

驾我八景舆，欻然入玉清。
龙群拂霄上，虎旗摄朱兵。
逍遥三弦际，万流无暂停。
哀此去留会，劫尽天地倾。
当寻无中景，不死亦不生。
体彼自然道，寂观合大冥。
南岳挺直干，玉英曜颖精。
有任靡期事，无心自虚灵。
嘉会绛河内，相与乐朱英。

列仙文 · 安度明

丹霞焕上清，八风鼓太和。
回我神霄辇，遂造岭玉阿。

咄嗟天地外，九围皆我家。
上采白日精，下饮黄月华。
灵观空无中，鹏路无间邪。
顾见魏贤安，浊气伤汝和。
勤研玄中思，道成更相过。

夏日谒智远禅师

吾师当几祖，说法云无空。
禅心三界外，宴坐天地中。
院静鬼神去，身与草木同。
因知护王国，满钵盛毒龙。
抖擞尘埃衣，谒师见真宗。
何必千万劫，瞬息去樊笼。
盛夏火为日，一堂十月风。
不得为弟子，名姓挂儒宫。

访嵩阳道士不遇

先生五兵游，文焰藏金鼎。
日下鹤过时，人间空落影。
常言一粒药，不堕生死境。
何当列御寇，去问仙人请。

听蓝溪僧为元居士说维摩经

古树少枝叶,真僧亦相依。
山木自曲直,道人无是非。
手持维摩偈,心向居士归。
空景忽开霁,雪花犹在衣。
洗然水溪昼,寒物生光辉。

借　车

借车载家具,家具少于车。
借者莫弹指,贫穷何足嗟。
百年徒役走,万事尽随花。

喜符郎诗有天纵

念符不由级,屹得文章阶。
白玉抽一毫,绿珉已难排。
偷笔作文章,乞墨潜磨揩。
海鲸始生尾,试摆蓬壶涡。
幸当禁止之,勿使恣狂怀。
自悲无子嗟,喜妒双喈喈。

凭周况先辈于朝贤乞茶

道意勿乏味，心绪病无悰。
蒙茗玉花尽，越瓯荷叶空。
锦水有鲜色，蜀山饶芳丛。
云根才翦绿，印缝已霏红。
曾向贵人得，最将诗叟同。
幸为乞寄来，救此病劣躬。

上昭成阁不得，于从侄僧悟空院叹嗟

欲上千级阁，问天三四言。
未尺数十登，心目风浪翻。
手手把惊魄，脚脚踏坠魂。
却流至旧手，傍掣犹欲奔。
老病但自悲，古蠹木万痕。
老力安可夸，秋海萍一根。
孤叟何所归，昼眼如黄昏。
常恐失好步，入彼市井门。
结僧为亲情，策竹为子孙。
此诚徒切切，此意空存存。
一寸地上语，高天何由闻。

魏博田兴尚书听嫂命不立非夫人诗

君子耽古礼，如馋鱼吞钩。
昨闻敬嫂言，掣心东北流。
魏博田尚书，与礼相绸缪。
善词闻天下，一日一再周。

读　经

垂老抱佛脚，教妻读黄经。
经黄名小品，一纸千明星。
曾读大般若，细感胮鼋听。
当时把斋中，方寸抱万灵。
忽复入长安，蹴踏日月宁。
老方却归来，收拾可丁丁。
拂拭尘几案，开函就孤亭。
儒书难借索，僧签饶芳馨。
驿驿不开手，铿铿闻异铃。
得善如焚香，去恶如脱腥。
安得颜子耳，曾未如此听。
听之何有言，德教贵有形。
何言中国外，有国如海萍。
海萍国教异，天声各泠泠。
安排未定时，心火竟荧荧。
将如庶几者，声尽形元冥。

谢李翱再到

等闲拜日晚，夫妻犹相疮。
况是贤人冤，何必哭飞扬。
昨夜梦得剑，为君藏中肠。
会将当风烹，血染布衣裳。
劳君又叩门，词句失寻常。
我不忍出厅，血字湿土墙。
血字耿不灭，我心惧惶惶。
会有铿锵夫，见之目生光。
生光非等闲，君其且安详。

忽不贫，喜卢仝书船归洛

贫孟忽不贫，请问孟何如。
卢仝归洛船，崔嵬但载书。
江潮清翻翻，淮潮碧徐徐。
夜信为朝信，朝信良卷舒。
江淮君子水，相送仁有馀。
我去官色衫，肩经入君庐。
喃喃肩经郎，言语倾琪琚。
琪琚铿好词，鸟鹊跃庭除。
书船平安归，喜报乡里闾。
我愿拾遗柴，巢经于空虚。
下免尘土侵，上为云霞居。
日月更相锁，道义分明储。
不愿空岧峣，但愿实工夫。
实空二理微，分别相起予。

经书荒芜多,为君勉勉锄。
勉勉不敢专,传之方在诸。

吊国殇

徒言人最灵,白骨乱纵横。
如何当春死,不及群草生。
尧舜宰乾坤,器农不器兵。
秦汉盗山岳,铸杀不铸耕。
天地莫生金,生金人竞争。

吊比干墓

殷辛帝天下,厌为天下尊。
乾刚既一断,贤愚无二门。
佞是福身本,忠是丧己源。
饿虎不食子,人无骨肉恩。
日影不入地,下埋冤死魂。
有骨不为土,应作直木根。
今来过此乡,下马吊此坟。
静念君臣间,有道谁敢论。

吊元鲁山

搏鸷有馀饱,鲁山长饥空。
豪人饫鲜肥,鲁山饭蒿蓬。
食名皆霸官,食力乃尧农。

君子耻新态，鲁山与古终。

天璞本平一，人巧生异同。

鲁山不自剖，全璞竟没躬。

自剖多是非，流滥将何归。

奔竞立诡节，凌侮争怪辉。

五常坐销铄，万类随衰微。

以兹见鲁山，道寒无所依。

君子不自寒，鲁山寒有因。

苟含天地秀，皆是天地身。

天地寒既甚，鲁山道莫伸。

天地气不足，鲁山食更贫。

始知补元化，竟须得贤人。

贤人多自霾，道理与俗乖。

细功不敢言，远韵方始谐。

万物饱为饱，万人怀为怀。

一声苟失所，众憾来相排。

所以元鲁山，饥衰难与偕。

远阶无近级，造次不可升。

贤人洁肠胃，寒日空澄凝。

血誓竟讹谬，膏明易煎蒸。

以之驱鲁山，疏迹去莫乘。

言从鲁山宦，尽化尧时心。

豺狼耻狂噬，齿牙闭霜金。

竞来辟田土，相与耕歂岑。

当宵无关锁，竟岁饶歌吟。

善教复天术，美词非俗箴。

精微自然事，视听不可寻。

因书鲁山绩，庶合箫韶音。

箫韶太平乐，鲁山不虚作。

千古若有知，百年幸如昨。

谁能嗣教化，以此洗浮薄。

君臣贵深遇，天地有灵橐。

力运既艰难，德符方合漠。
名位苟虚旷，声明自销铄。
礼法虽相救，贞浓易糟粕。
哀哀元鲁山，毕竟谁能度。
当今富教化，元后得贤相。
冰心镜衰古，霜议清遏障。
幽埋尽洸洸，滞旅免流浪。
唯馀鲁山名，未获旌廉让。
二三贞苦士，刷视耸危望。
发秋青山夜，目断丹阙亮。
诱类幸从兹，嘉招固非妄。
小生奏狂狷，感惕增万状。
黄犊不知孝，鲁山自驾车。
非贤不可妻，鲁山竟无家。
供养耻佗力，言词岂纤瑕。
将谣鲁山德，赜海谁能涯。
遗婴尽雏乳，何况骨肉枝。
心肠结苦诚，胸臆垂甘滋。
事已出古表，谁言独今奇。
贤人母万物，岂弟流前诗。

哭李观

志士不得老，多为直气伤。
阮公终日哭，寿命固难长。
颜子既殂谢，孔门无辉光。
文星落奇曜，宝剑摧修铓。
常作金应石，忽为宫别商。
为尔吊琴瑟，断弦难再张。
偏毂不可转，只翼不可翔。
清尘无吹嘘，委地难飞扬。

此义古所重,此风今则亡。

自闻丧元宾,一日八九狂。

沉痛此丈夫,惊呼彼穹苍。

我有出俗韵,劳君疾恶肠。

知音既已矣,微言谁能彰。

旅葬无高坟,栽松不成行。

哀歌动寒日,赠泪沾晨霜。

神理本窅窅,今来更茫茫。

何以荡悲怀,万事付一觞。

李少府厅吊李元宾遗字

零落三四字,忽成千万年。

那知冥寞客,不有补亡篇。

斜月吊空壁,旅人难独眠。

一生能几时,百虑来相煎。

戚戚故交泪,幽幽长夜泉。

已矣难重言,一言一潸然。

悼吴兴汤衡评事

君生雪水清,君殁雪水浑。

空令骨肉情,哭得白日昏。

大夜不复晓,古松长闭门。

琴弦绿水绝,诗句青山存。

昔为芳春颜,今为荒草根。

独问冥冥理,先儒未曾言。

哀孟云卿嵩阳荒居

戚戚抱幽独，宴宴沉荒居。
不闻新欢笑，但睹旧诗书。
艺檗意弥苦，耕山食无馀。
定交昔何在，至戚今或疏。
薄俗易销歇，淳风难久舒。
秋芜上空堂，寒槿落枯渠。
薙草恐伤蕙，摄衣自理锄。
残芳亦可饵，遗秀谁忍除。
徘徊未能去，为尔涕涟如。

哭卢贞国

一别难与期，存亡易寒燠。
下马入君门，声悲不成哭。
自能富才艺，当冀深荣禄。
皇天负我贤，遗恨至两目。
平生叹无子，家家亲相嘱。

伤旧游

去春会处今春归，花数不减人数稀。
朝笑片时暮成泣，东风一向还西辉。

吊房十五次卿少府

日高方得起，独赏些些春。
可惜宛转莺，好音与他人。
昔年此气味，还走曲江滨。
逢著韩退之，结交方殷勤。
蜀客骨目高，聪辩剑戟新。
如何昨日欢，今日见无因。
英奇一谢世，视听一为尘。
谁言老泪短，泪短沾衣巾。

逢江南故昼上人会中郑方回

相逢失意中，万感因语至。
追思东林日，掩抑北邙泪。
筐箧有遗文，江山旧清气。
尘生逍遥注，墨故飞动字。
荒毁碧涧居，虚无青松位。
珠沉百泉暗，月死群象闭。
永谢平生言，知音岂容易。

哭秘书包大监

哲人卧病日，贱子泣玉年。
常恐宝镜破，明月难再圆。
文字未改素，声容忽归玄。

始知知音稀，千载一绝弦。
旧馆有遗琴，清风那复传。

悼幼子

一闭黄蒿门，不闻白日事。
生气散成风，枯骸化为地。
负我十年恩，欠尔千行泪。
洒之北原上，不待秋风至。

悼　亡

山头明月夜增辉，增辉不照重泉下。
泉下双龙无再期，金蚕玉燕空销化。
朝云暮雨成古墟，萧萧野竹风吹亚。

吊李元宾坟

晓上荒凉原，吊彼寂寥魂。
眼咽此时泪，耳凄在日言。
冥冥千万年，坟锁孤松根。

览崔爽遗文，因纾幽怀

堕泪数首文，悲结千里坟。
苍旻且留我，白日空遗君。
仙鹤未巢月，衰凤先坠云。

清风独起时，旧语如再闻。
瑶草罢葳蕤，桂花休氤氲。
万物与我心，相感吴江濆。

峡 哀（十首）

其一

昔多相与笑，今谁相与哀。
峡哀哭幽魂，嗷嗷风吹来。
堕魄抱空月，出没难自裁。
齑粉一闪间，春涛百丈雷。
峡水声不平，碧溢牵清洄。
沙棱箭箭急，波齿龂龂开。
呀彼无底吮，待此不测灾。
谷号相喷激，石怒争旋回。
古醉有复乡，今缥多为能。
字孤徒仿佛，衔雪犹惊猜。
薄俗少直肠，交结须横财。
黄金买相吊，幽泣无余漼。
我有古心意，为君空摧颓。

其二

上天下天水，出地入地舟。
石剑相劈研，石波怒蛟虬。
花木叠宿春，风飙凝古秋。
幽怪窟穴语，飞闻胖蚕流。
沉哀日已深，衔诉将何求？

其三

三峡一线天,三峡万绳泉。
上反碎日月,下掣狂漪涟。
破魂一两点,凝幽数百年。
峡晖不停午,峡险多饥涎。
树根锁枯棺,孤骨袅袅悬。
树枝哭霜栖,哀韵杳杳鲜。
逐客零落肠,到此汤火煎。
性命如纺绩,道路随索缘。
莫泪吊波灵,波灵将闪然。

其四

峡乱鸣清磬,产石为鲜鳞。
喷为腥雨涎,吹作黑井身。
怪光闪众异,饿剑唯待人。
老肠未曾饱,古齿崭岩嗔。
嚼齿三峡泉,三峡声断断。

其五

峡螭老解语,百丈潭底闻。
毒波为计校,饮血养子孙。
既非皋陶吏,空食沉狱魂。
潜怪何幽幽,魄说徒云云。
峡听哀哭泉,峡吊鳏寡猿。
峡声非人声,剑水相劈翻。
斯谁士诸谢,奏此沉苦言?

其六

谗人峡虬心，渴罪呀然浔。
所食无直肠，所语饶枭音。
石齿嚼百泉，石风号千琴。
幽哀莫能远，分雪何由寻。
月魄高卓卓，峡窟清沉沉。
衔诉何时明，抱痛已不禁。
犀飞空波涛，裂石千嶔岑。

其七

峡棱刮日月，日月多摧辉。
物皆斜仄生，鸟亦斜仄飞。
潜石齿相锁，沉魂招莫归。
恍惚清泉甲，斑斓碧石衣。
饿咽潺湲号，涎似泓泓肥。

其八

峡青不可游，腥草生微微。
峡景滑易堕，峡花怪非春。
红光根潜涎，碧雨飞沃津。
巴谷蛟螭心，巴乡魍魉亲。
啖生不问贤，至死独养身。
腥语信者谁，拗歌欢非真。
仄田无异稼，毒水多狞鳞。
异类不可友，峡哀哀难伸。

其九

峡水剑戟狞,峡舟霹雳翔。
因依尩竭手,起坐风雨忙。
峡旅多窜官,峡氓多非良。
滑心不可求,滑习积已长。
漠漠涎雾起,断断涎水光。
渴贤如之何,忽在水中央。

其十

枭鸱作人语,蛟虬吸水波。
能于白日间,谄欲晴风和。
骇智蹶众命,蕴腥布深萝。
齿泉无底贫,锯涎在处多。
仄树鸟不巢,踔约猿相过。
峡哀不可听,峡怨其奈何。

杏 殇（九首）

其一

冻手莫弄珠，弄珠珠易飞。
惊霜莫翦春，翦春无光辉。
零落小花乳，斓斑昔婴衣。
拾之不盈把，日暮空悲归。

其二

地上空拾星，枝上不见花。
哀哀孤老人，戚戚无子家。
岂若没水凫，不如拾巢鸦。
浪鷇破便飞，风雏褱相夸。
芳婴不复生，向物空悲嗟。

其三

应是一线泪，入此春木心。
枝枝不成花，片片落翦金。
春寿何可长，霜哀亦已深。
常时洗芳泉，此日洗泪襟。

其四

儿生月不明，儿死月始光。
儿月两相夺，儿命果不长。
如何此英英，亦为吊苍苍。
甘为堕地尘，不为末世芳。

其五

踏地恐土痛，损彼芳树根。
此诚天不知，翦弃我子孙。
垂枝有千落，芳命无一存。
谁谓生人家，春色不入门。

其六

冽冽霜杀春，枝枝疑纤刀。
木心既零落，山窍空呼号。
班班落地英，点点如明膏。
始知天地间，万物皆不牢。

其七

哭此不成春，泪痕三四斑。
失芳蝶既狂，失子老亦孱。
且无生生力，自有死死颜。
灵凤不衔诉，谁为扣天关。

其八

此儿自见灾,花发多不谐。
穷老收碎心,永夜抱破怀。
声死更何言,意死不必喈。
病叟无子孙,独立犹束柴。

其九

霜似败红芳,剪啄十数双。
参差呻细风,唅喝沸浅江。
泣凝不可消,恨壮难自降。
空遗旧日影,怨彼小书窗。

吊江南老家人春梅

念尔筋力尽,违我衣食恩。
奈何粗犷儿,生鞭见死痕。
旧使常以礼,新怨将谁吞。
胡为乎泥中,消歇教义源。

哭李丹员外，并寄杜中丞

生死方知交态存，忍将齰齘报幽魂。
十年同在平原客，更遣何人哭寝门。

哭刘言史

诗人业孤峭，饿死良已多。
相悲与相笑，累累其奈何。
精异刘言史，诗肠倾珠河。
取次抱置之，飞过东溟波。
可惜大国谣，飘为四夷歌。
常于众中会，颜色两切磋。
今日果成死，葬襄之洛河。
洛岸远相吊，洒泪双滂沱。

吊卢殷（十首）

其一

诗人多清峭，饿死抱空山。
白云既无主，飞出意等闲。
久病床席尸，护丧童仆孱。
故书穷鼠啮，狼藉一室间。

君归新鬼乡，我面古玉颜。
羞见入地时，无人叫追攀。
百泉空相吊，日久衰潺潺。

其二

唧唧复唧唧，千古一月色。
新新复新新，千古一花春。
北邙前后客，相吊为埃尘。
北邙棘针草，泪根生苦辛。
烟火不自暖，筋力早已贫。
幽荐一杯泣，泻之清洛滨。
添为断肠声，愁杀长别人。

其三

棘针风相号，破碎诸苦哀。
苦哀不可闻，掩耳亦入来。
哭弦多煎声，恨涕有馀摧。
噫贫气已焚，噫死心更灰。
梦世浮闪闪，泪波深洄洄。
薤歌一以去，蒿闭不复开。

其四

登封草木深，登封道路微。
日月不与光，莓苔空生衣。
可怜无子翁，蚍蜉缘病肌。
孪卧岁时长，涟涟但幽噫。
幽噫虎豹闻，此外相访稀。

至亲惟有诗，抱心死有归。
河南韩先生，后君作因依。
磨一片嵌岩，书千古光辉。

其五

贤人无计校，生苦死徒夸。
他名润子孙，君名润泥沙。
可惜千首文，闪如一朝花。
零落难苦言，起坐空惊嗟。

其六

耳闻陋巷生，眼见鲁山君。
饿死始有名，饿名高氛氲。
戆叟老壮气，感之为忧云。
所忧唯一泣，古今相纷纷。
平生与君说，逮此俱云云。

其七

初识漆鬓发，争为新文章。
夜踏明月桥，店饮吾曹床。
醉啜二杯酿，名郁一县香。
寺中摘梅花，园里翦浮芳。
高嗜绿蔬羹，意轻肥腻羊。
吟哦无滓韵，言语多古肠。
白首忽然至，盛年如偷将。
清浊俱莫追，何须骂沧浪。

其八

前贤多哭酒，哭酒免哭心。
后贤试衔之，哀至无不深。
少年哭酒时，白发亦已侵。
老年哭酒时，声韵随生沉。
寄言哭酒宾，勿作登封音。
登封徒放声，天地竟难寻。

其九

同人少相哭，异类多相号。
始知禽兽痴，却至天然高。
非子病无泪，非父念莫劳。
如何裁亲疏，用礼如用刀。
孤丧鲜蒲蔔，闭哀抱郁陶。
烦他手中葬，诚信焉能褒。
嗟嗟无子翁，死弃如脱毛。

其十

圣人哭贤人，骨化气为星。
文章飞上天，列宿增晶荧。
前古文可数，今人文亦灵。
高名称谪仙，升降曾莫停。
有文死更香，无文生亦腥。
为君铿好辞，永传作谧宁。